Probe
durch
Zauberei

Drachenreiter von Osnen

Buch 1

RICHARD FIERCE

Dragonfire Presse

Cover-Design von germancreative.

Cover-Kunst von Rosauro Ugang

ISBN: 978-1-958354-18-6

CONTENTS

KARTE

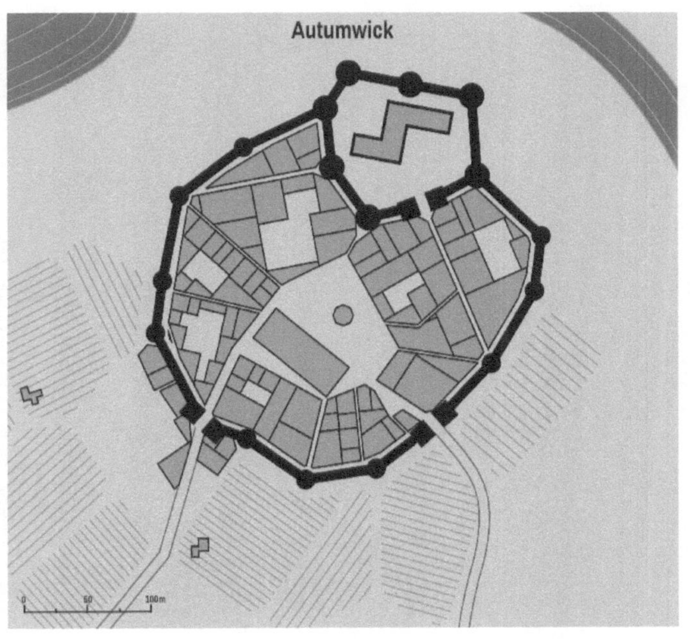

1

Ich staunte über die Weite der Zitadelle.

Sie war die Heimat der Drachenwache, der größten Krieger des Königreichs. Während das allein schon beeindruckend war, wurde es noch erstaunlicher dadurch, dass es auch das Zuhause von Drachen war. Die massiven, mächtigen Kreaturen wurden in der unteren Kammer des Schlosses gehalten. Zumindest hat mir das mein Vater immer erzählt.

Eine vierzig Fuß hohe Mauer umgab die Stadt Autumnwick sowie die steinerne Festung, die dahinter aufragte. Es war das erste Mal, dass ich diesen Ort sah, und er war genauso groß und imposant, wie ich ihn mir immer vorgestellt hatte. Die riesigen Tore, die den Eingang durch die Mauer bildeten, waren mit bis an die Zähne bewaffneten Wachen besetzt. Am Eingang hatte sich eine kleine Schlange gebildet, während die Wachen jeden Eintretenden kontrollierten.

Ich ging den Hügel hinunter und reihte mich in die Schlange ein, wobei ich meinen Schwertgürtel zurechtrückte. Das Gewicht der Klinge zog ständig an meiner Hose. Es ließ mich meine Entscheidung überdenken, eine seitliche Scheide statt einer, die über die Schulter geht, zu benutzen. Jetzt war es zu spät, meine Meinung zu ändern. Ich hatte meine letzten Münzen ausgegeben, um die Zitadelle zu erreichen, und ich bezweifelte, dass die Schule mir während meiner Ausbildung ohnehin erlauben würde, eine Klinge zu tragen.

Die Schlange bewegte sich langsam vorwärts. Ich gab mein Bestes, geduldig zu bleiben, aber es war schwierig. Ich war endlich hier! Die Heimat der Drachenwache! Ich hatte schon immer davon geträumt, ihren Reihen beizutreten. Die Geschichten meines Vaters waren stets voller Ehrfurcht und Staunen gewesen, wenn er seinen Drachen und die Verbindung, die sie teilten, beschrieb.

Obwohl es noch früh am Tag war, war der Himmel klar und die Sonne brannte erbarmungslos herunter. Ich konnte spüren, wie Schweißtropfen meinen Rücken und meine Seiten hinunterliefen. Ich trank den letzten Rest Wasser aus meiner Feldflasche und wartete weiter. Nach einer gefühlten Ewigkeit des Bratens in der Sonne war ich als Nächstes an der Reihe für die Inspektion. Ich blickte hinter mich und sah, dass die Schlange jetzt viel länger war. Mindestens hundert Leute warteten darauf, in die Stadt zu kommen.

»Halt, Niedriggeborene«, sagte einer der Wachen.

Ich schaute nach vorne, denkend, er spräche mit mir. Tat er nicht. Seine Aufmerksamkeit galt einem Mädchen vor mir mit langen schwarzen Haaren. Sie hatten ihren Sack bereits gründlich durchsucht, aber der, der sprach, packte sie am Ellbogen und zog sie beiseite. Ich konnte nicht hören, was er zu ihr sagte, weil er seine Stimme gesenkt hatte, aber was auch immer es war, das Mädchen sah nicht amüsiert aus.

»Du, hör auf zu glotzen und komm her.«

Der andere Wachmann starrte mich finster an. Ich beeilte mich, nach vorne zu kommen. Der Wachmann musterte mich von oben bis unten und runzelte die Stirn.

»Was ist dein Anliegen?«, fragte er.

»Ich bin hier, um mich für die Schule anzumelden«, antwortete ich und versuchte, den Schweiß zu ignorieren, der meinen Rücken hinunterlief. Der andere Wachmann sprach immer noch mit dem Mädchen und war meiner Meinung nach ein bisschen zu aufdringlich.

»Noch ein Niedriggeborener, der nach Ruhm und Reichtum sucht, hm?«

Der Wachmann trug einen Helm, aber die Enden seiner Haare, die darunter hervorlugten, waren blond. Er war ein Hochgeborener, ein Adliger. Sie waren alle gleich. Sie dachten, sie wären besser als alle anderen, nur weil sie mit einer anderen Haarfarbe geboren wurden. Ich war in meiner

Heimatstadt ein paar Mal gemobbt worden, nicht nur wegen meines sozialen Status, und ich wusste, dass es in einer Stadt dieser Größe viel schlimmer sein würde.

Das Problem mit diesem Wachmann war jedoch, dass er nur auf meine Haare achtete. Er bemerkte offensichtlich nicht das Abzeichen, das auf meinen oberen Ärmel genäht war. Ich mochte es nicht zur Schau zu stellen, aber manchmal machte es Spaß, einen Adligen ein oder zwei Stufen herunterzuholen.

»Hör auf damit«, schrie das Mädchen bei dem anderen Wachmann. Er hatte sie nah an sich gezogen und versuchte, sie zu küssen. Ich hatte genug gesehen. Ich drehte meinen Körper so, dass der Wachmann mein Abzeichen sehen konnte und lächelte ihn an. Seine Augen weiteten sich für einen kurzen Moment, dann fasste er sich und winkte mich durch.

»Entschuldigung«, murmelte er.

Ich nickte ihm zu, immer noch lächelnd, und ging hinüber zu dem Ort, wo der andere Wachmann das Mädchen belästigte.

»Gibt es ein Problem, Cousine?«, fragte ich.

Sowohl das Mädchen als auch der Wachmann schauten mich an. Das Mädchen war verwirrt und der Wachmann sah genervt aus.

»Ich dachte, du hättest dich schon längst auf dem Markt verlaufen«, sagte ich zu dem Mädchen. Ich hoffte, sie würde verstehen, was ich tat und mitspielen. Sie neigte ihren Kopf ganz leicht als wortloses Zeichen des Dankes und trat vom Wachmann zurück.

»Mir geht's gut«, schnaubte sie. »Dieser Gentleman erklärte mir gerade, wie ich zur Schule komme.«

»Wie freundlich von Ihnen, Herr«, sagte ich und zeigte auch ihm mein Abzeichen. Er sah es an, dann blickte er mir in die Augen. Er hasste es, dass er mich nicht aufhalten konnte. Ich konnte die brodelnde Wut in seinen blauen Augen sehen.

»Würden Sie die Wegbeschreibung wiederholen? Meine Cousine ist schrecklich darin, sich solche Dinge zu merken. Stimmt's, Cousine?«

Ich tauschte Blicke mit dem Mädchen aus. Sie zuckte mit den Schultern. »Was soll ich sagen? Ich bin es nicht gewohnt, Dinge alleine zu machen.«

Der Wachmann funkelte mich böse an. Durch zusammengebissene Zähne sagte er: »Geradeaus. Durch den Markt. Wenn ihr die Mauer erreicht, rechts abbiegen. Der Eingang ist links.«

Bevor ich ihn weiter reizen konnte, stampfte er an mir vorbei und kehrte zu seinem Posten bei dem anderen Wachmann zurück.

»Bit ein Arsch, der Typ«, sagte ich. Das Mädchen war bereits durch das Tor, sodass ich mit mir selbst sprach. Ich folgte ihr und musste doppelt so schnell gehen, um sie einzuholen.

»Ich bin Eldwin«, sagte ich.

»Geh weg«, antwortete das Mädchen.

»Tut mir leid, ich dachte, ich hätte dir gerade geholfen.«

Das Mädchen blieb stehen und drehte sich um, stemmte die Hände in die Hüften und warf mir einen tödlichen Blick zu.

»Habe ich dich um deine Hilfe gebeten?«

»Nein ...«

»Sehe ich aus wie irgendeine hilflose Dirne, die gerettet werden muss?«, verlangte sie zu wissen.

»Äh, nein ...«

»Das ist, weil ich es nicht bin«, knurrte sie. »Ich kann auf mich selbst aufpassen.«

»Tut mir leid«, sagte ich lahm und hob meine Hände. Ihre Augen weiteten sich leicht beim Anblick meiner rechten Hand. »Ich wollte dich nicht verärgern. Ich dachte nur ... egal. Vergiss, dass ich überhaupt etwas gesagt oder getan habe.«

Ich ging an ihr vorbei und folgte weiter der Straße. Die Reaktion des Mädchens auf meine verstümmelte Hand war dieselbe wie bei allen anderen, die sie sahen. Entsetzen, Ekel, alles war dabei. Es überraschte mich nicht mehr.

Die Gebäude zu beiden Seiten waren kurz und gedrungen, alle aus einem stumpfen grauen Stein erbaut. Die Häuser auf der rechten Seite endeten nach einigen Metern und öffneten sich zu einem großen Platz voller Händler. Bunte Zelte waren in ordentlichen Reihen aufgestellt und köstliche Düfte erfüllten die Luft, sodass mir das Wasser im Mund zusammenlief. Mein Magen knurrte und ich tätschelte ihn gedankenverloren.

Mein Frühstück war zwar sättigend gewesen, aber ich war die letzten Kilometer nach Autumnwick gelaufen und nun hungrig. Da ich kein Geld für Essen hatte, hoffte ich, dass die Schule Mahlzeiten anbieten würde. Mein Vater hatte mir nie von seiner Ausbildungszeit erzählt, also wusste ich nicht, was mich erwartete.

All die Eindrücke und Gerüche lenkten mich vorübergehend von dem Mädchen ab, das ich recht hübsch fand. Ihre Einstellung hingegen ließ mich an meinem Urteil zweifeln. Ich beobachtete die verschiedenen Händler, wie sie unter ihren Zelten standen, ihre Waren anpriesen und versuchten, mit potenziellen Kunden zu verhandeln. Die Sonne schien mit jeder Sekunde heißer zu werden, während ich dort stand. Ich wischte mir mit dem Handrücken über die Stirn und wollte gerade weiter zur Schule gehen, als das Mädchen auf mich zukam.

»Es tut mir leid«, schnaufte sie.

»Mach dir keine Gedanken«, sagte ich.

»Nein, wirklich. Ich wollte nicht unhöflich sein. Es ist nur ...«, sie verstummte und blickte zu Boden. »Mein ganzes Leben lang haben Leute versucht, mir zu helfen, um davon zu profitieren. Ich habe es mir zum Prinzip gemacht, nie die Hilfe von jemandem zu brauchen.«

Was sie sagte, ergab keinen Sinn. Sie war eine Niedriggeborene wie ich, also was hätte irgendjemand davon, ihr zu helfen? Ich schob den Gedanken beiseite.

»Entschuldigung angenommen«, sagte ich. »Ich wollte dich nicht beleidigen oder so. Ich dachte nur, dass der Wächter ein bisschen zu forsch für sein eigenes Wohl war und dachte, ich könnte helfen, die Situation zu entschärfen.«

»Danke«, sagte sie. Sie zögerte einen Moment, dann sagte sie: »Ich bin Maren.«

Maren. Das war anders ... aber schön.

»Freut mich, dich kennenzulernen, Maren«, sagte ich. »Gehst du wirklich zur Schule?«

»Ja«, bestätigte Maren. »Ich möchte eine Drachenwächterin werden.«

»Ich auch«, sagte ich. »Mein Vater war einer.«

»War?«

»Er ist gestorben«, antwortete ich. »In einer großen Schlacht vor zehn Jahren.«

Marens Augen weiteten sich. »Warte. Dein Vater war Matthias Baines?«

Ich nickte. »Deshalb habe ich das hier«, ich zeigte auf das Abzeichen an meinem Ärmel. »Adel durch Verdienst.«

Sie starrte einen Moment lang intensiv auf den Aufnäher, dann wandte sie sich dem Markt zu. »Etwas riecht gut«, sagte sie. »Willst du mir helfen herauszufinden, was es ist?«

Ich wollte ja sagen, aber da ich kein Geld hatte, war ich gezwungen abzulehnen. Glücklicherweise fragte sie nicht nach dem Grund. Ich hätte sie nicht angelogen, wenn sie gefragt hätte, aber es wäre mir peinlich gewesen. Die Heldentaten meines Vaters hatten meiner Familie zwar einen Adelstitel eingebracht, aber dieser Titel kam nicht mit Reichtum.

»Wir sehen uns in der Schule«, sagte ich.

Maren zuckte mit den Schultern und verschwand in dem belebten Marktplatz. Ein Schweißtropfen drohte mir ins Auge zu laufen und ich wischte ihn weg, dann ging ich weiter Richtung Zitadelle.

Mädchen waren schon seltsame Geschöpfe..

2

Der Eingang zur Zitadelle war viel stärker bewacht als die Stadttore. Und diese Wachen waren auch nicht von der Stadtwache. Es waren Drachenwachen. Ihre Rüstung war verziert, um wie Drachenschuppen auszusehen, war aber vielseitig und praktisch für den Kampf. Hinter der Ansammlung von Wachen stand ein langer Holztisch, auf dem Waffen wild verstreut lagen.

Als ich näher kam, ertönte ein *Rauschen*, das von den massiven Mauern widerhallte und die Gegenstände auf dem Tisch klappern ließ. Die Wachen schienen von dem Geräusch unbeeindruckt, aber ich versuchte herauszufinden, was es war und woher es kam. Plötzlich stürzte ein riesiger blauer Drache vom Himmel herab und landete im Innenhof.

Ich hielt ehrfürchtig den Atem an, als ich die mächtige Bestie anstarrte. Sie war leicht dreißig Fuß lang von der Nase bis zum Schwanz. Der Reiter des Drachen glitt von der Schulter des Tieres ab und landete anmutig auf dem Boden. Ich schloss meinen Mund und blinzelte mehrmals. In all den Jahren, in denen mein Vater ein Dragoner gewesen war, hatte ich nie die Gelegenheit gehabt, seinen Drachen zu sehen. Abgesehen von den Reisen der Wachen durch das Königreich wurden Drachen in der Zitadelle unter Verschluss gehalten. Ich wusste allerdings nicht, warum.

Jetzt, da ich vor einem Drachen stand, konnte ich kaum fassen, wie groß er war. Seine Schulter war sechs Fuß über dem Boden und seine Flügelspannweite war gewaltig. Ich versuchte, die Länge abzuschätzen, aber sie musste fast hundert Fuß betragen. Meine Konzentration auf den Drachen wurde unterbrochen, als die Wachen meine Aufmerksamkeit erregten.

»Hey du«, rief einer von ihnen. »Komm näher.«

Ich tat, wie er verlangte, und ging näher, aber mein Blick blieb auf den Drachen gerichtet. Ein älterer Mann näherte sich dem Geschöpf und nahm seine Zügel, dann führte er es um die Rückseite des Schlosses herum. Mit einem Schwung seines Schwanzes verschwand der Drache hinter der Festung und ich sah den Wachmann an, der gesprochen hatte.

»Das erste Mal, was?«, grinste er. »Ich erinnere mich auch noch an mein erstes Mal, als ich einen Drachen sah. So etwas vergisst man nie.«

»Ich hatte keine Ahnung, dass sie so groß sind«, sagte ich.

»Ja, sie sind schon beeindruckend. Der da war ausgewachsen, aber Blaue sind nicht mal die größten Drachen.«

»Es gibt Drachen, die größer sind als dieser?«, fragte ich.

Der Wachmann nickte, immer noch grinsend. »Wie auch immer, ich nehme an, du bist hier, um dich für die Aufnahme einzuschreiben?«

»Ja«, antwortete ich.

»Wir haben dieses Jahr eine große Menge. Wir können nicht jeden nehmen, aber viel Glück für dich.«

»Danke. Muss ich mein Schwert abgeben?«, fragte ich und blickte auf den Tisch hinter ihm.

»Ja. Wir bringen die Waffen in die Waffenkammer und katalogisieren sie für die entsprechenden Schüler. Sobald du als Lehrling angenommen oder abgelehnt wirst, bekommst du die Waffe zurück.«

Zögernd löste ich die Waffe von meiner Taille und reichte sie dem Wachmann. Er bemerkte meine Unruhe.

»Keine Sorge, wir passen gut darauf auf.«

»Daran zweifle ich nicht«, sagte ich. »Es ist nur ... es war das meines Vaters.«

Der Wachmann zog die Klinge ein paar Zentimeter aus der Scheide und las die Inschrift auf der Klinge, dann sah er mich interessiert an.

»Du bist Matthias' Sohn?«

Ich nickte stolz. »Kanntest du meinen Vater?«

»Nein, aber ich habe ihn hier ein paar Mal gesehen. Er ist ein Held, weißt du?«

»Ich weiß.«

»Ich kenne deinen Nachnamen, aber wie ist dein Vorname?«

»Eldwin«, sagte ich.

Der Wachmann nickte langsam und legte die Waffe mit einer Art Ehrfurcht auf den Tisch. Er schrieb meinen Namen auf ein Pergament, zusammen mit einer Beschreibung meiner Klinge. Ich wartete erwartungsvoll darauf, dass der Wachmann etwas sagte, nachdem er fertig war, aber er blieb stumm.

»Gehe ich einfach rein?«, fragte ich.

Der Wachmann schien verwirrt. »Weißt du nicht, was zu tun ist?«, fragte er.

Ich schüttelte den Kopf.

»Ah, Entschuldigung. Du gehst durch die Haupttüren dort«, er zeigte mit einer gepanzerten Hand auf die Vorderseite der Zitadelle. »Die Verwalter werden dich anmelden und dir sagen, wo dein Zimmer ist. Die Zeremonien beginnen erst in ein paar Stunden, aber du kannst etwas zu essen aus der Speisehalle holen, wenn du hungrig bist. Iss aber nicht zu viel. Das Zeug, das sie bei der Zeremonie servieren, ist erstklassig.«

»Danke«, sagte ich. »Es war nett, mit dir zu sprechen.«

Ich schloss mich einer kleinen Gruppe von Leuten an, die sich auf den Eingang der Zitadelle zubewegten, und lauschte ihren aufgeregten Gesprächen. Zwei von ihnen waren adlige Geburten, beide blond. Sie sprachen über ihre prunkvollen Reisen zur Zitadelle und das Verschwinden der Prinzessin. Das war neu für mich. Die Tochter des Königs war verschwunden? Ich konnte mir Legionen von Drachenreitern vorstellen, die das Königreich nach ihr durchkämmten.

Drei Niedriggeborene sprachen über all die erstaunlichen Dinge, die sie auf dem Markt gesehen hatten. Das brachte mich wieder auf Maren und ich blickte über meine Schulter, um zu sehen, ob sie schon den Innenhof betreten hatte, aber ich sah sie nicht. Ich blieb am Ende der Gruppe und hielt meine verstümmelte rechte Hand so gut wie möglich verborgen. Eine kurze Treppe führte zu den großen Eichentüren, die so hoch wie vier übereinander gestapelte Männer waren.

Als ich eintrat, legte sich eine unverkennbare Ruhe über alle. Die aufgeregten Gespräche meiner Altersgenossen verstummten. Wir standen alle in der Türöffnung und starrten in die riesige Halle. Marmorsäulen standen im Abstand von zehn Fuß und stützten die gewölbte Decke darüber. Menschen in wallenden Roben bewegten sich in alle Richtungen, ihre Schritte leise, aber zielstrebig. Ich konnte den Unterschied zwischen ihren Rängen nicht erkennen, obwohl ich wusste, dass es in der Schulhierarchie einige verschiedene Positionen gab.

»Name?«

Die Frage durchbrach die Stille und ich wandte meinen Blick nach rechts, wo ein großer, älterer Mann hinter einem Rednerpult stand. Auf dem Pult lagen ein Buch und eine Feder. Seine Robe war braun, schlicht und schmucklos.

»Sprich lauter, Junge, ich kann dich nicht hören.«

Einer der Adligen beugte sich zu dem alten Mann und wiederholte seinen Namen so laut, dass es von den Wänden widerhallte. Sein Name war Simon. Ich verstand seinen Nachnamen nicht. Der Mann im Gewand tauchte seine Feder in ein Tintenfass und schrieb dann den Namen auf, dann sagte er Simon, in welchem Zimmer er untergebracht sein würde. Der Vorgang setzte sich durch all meine Altersgenossen fort, bis ich der Letzte war.

»Name?«, fragte der alte Mann.

»Eldwin Baines«, antwortete ich.

Der Mann blickte auf mich herab und lächelte. »Ja, ich hätte die Ähnlichkeit sehen müssen. Meine Augen sind nicht mehr das, was sie mal waren.« Er kritzelte meinen Namen in sein Buch und sagte dann: »Du wirst im Nordflügel, zweiter Stock, drittes Zimmer untergebracht sein.«

»Entschuldigung, aber wo ist das?«, fragte ich.

»Mach dir darüber jetzt keine Gedanken«, sagte der Mann. »Du wirst deinen Kurator bei der Zeremonie später treffen und er wird dich zu deinem Flügel bringen und dir auch die Regeln der Schule erklären.«

Ich nickte. »Der Soldat draußen sagte, wir könnten etwas zu essen aus der Speisehalle holen?«

»Ja, das stimmt. Die Speisehalle ist im Südflügel.«

Eine Frau in einer Robe ging vorbei und der alte Mann hob eine Hand. Die Frau hielt inne und der Mann deutete auf mich.

»Surrel, wärst du so lieb und zeigst Eldwin hier den Weg zur Speisehalle?«

»Natürlich, Herr Provost«, antwortete Surrel. Sie sah mich an und lächelte. »Folgen Sie mir.«

Ich folgte der Frau und warf einen Blick zurück auf den Älteren. Eine neue Gruppe war in die Halle eingetreten und er begann, ihre Namen aufzunehmen. Er schien nett zu sein. Und offenbar kannte er meinen Vater. Surrel führte mich durch lange, ruhige Gänge und schließlich bogen wir um eine Ecke, wo der süße Duft von frisch gebackenem Brot in der Luft lag.

»Die Tür links ist die Speisehalle«, sagte Surrel. »Sie können bis zur Zeremonie dort bleiben, wenn Sie möchten. Obwohl der Provost Ihnen ein Zimmer zugewiesen hat, dürfen Sie es erst betreten, nachdem Ihr Kurator die Schulregeln erläutert hat.«

»Muss ich dort bleiben?«, fragte ich.

»Nein, natürlich nicht. Fühlen Sie sich frei, in der Akademie umherzuwandern. Die Gärten draußen sind mein persönlicher Favorit.«

»Danke, dass Sie mich hergebracht haben«, sagte ich.

»Gern geschehen.«

Mit einer leichten Verbeugung ihres Kopfes ging Surrel den Weg zurück, den wir gekommen waren, und ich betrat die Speisehalle. Wie auf dem Markt umwehte mich ein Wirbel verschiedener Düfte, und ich wusste, es würde schwer sein, nicht mehr zu essen, als ich sollte, mit der späteren Zeremonie. Ich reihte mich in eine Schlange von Studenten ein und nahm ein Tablett von einem der Stapel.

Während wir langsam vorwärts gingen, war eine lange Holztheke mit verschiedenen Speisen bedeckt. Frisch gebackenes Brot, Käselaibe, dampfendes Hammelfleisch, gebratener Truthahn ... es war mehr Essen an einem Ort, als ich je gesehen hatte. Ich nahm von allem ein bisschen, und als ich das Ende der Theke erreichte, war mein Tablett voll.

Ich entdeckte einen leeren Tisch und setzte mich, dann sah ich mich nach den anderen Studenten um. Alle waren auf das Essen oder Gespräche konzentriert. Die beiden Adligen, die ich früher gesehen hatte, saßen zusammen. Wenn sie wie andere Adlige waren, die ich getroffen hatte, hielten sie sich wahrscheinlich für besser als alle anderen und würden sich nie dazu herablassen, mit einem Niedriggeborenen wie mir zu sprechen.

Enttäuscht warf ich einen letzten Blick durch den Raum und begann zu essen. Die Geschmäcker, die meine Zunge trafen, waren köstlich. Ich hatte das Kochen meiner Mutter immer geliebt, aber das Essen dieser Schule stellte sie in den Schatten. Die Gewürze des Fleisches ließen meine Zunge brennen, aber zum Glück gab es auf jedem Tisch einen Krug mit Wasser. Ich schenkte mir etwas ein und nahm einen langen Schluck, spülte das kühle Wasser in meinem Mund herum, um das Brennen zu lindern. Es war nicht überwältigend, aber ich hatte mich nie an scharfes Essen gewöhnt. Ich war der Sonderling in meiner Familie.

Als ich etwa die Hälfte des Tabletts geleert hatte, wurde mir langsam bewusst, dass der allgemeine Geräuschpegel in der Speisehalle leiser geworden war. Ich sah mich um und bemerkte, dass mehrere Studenten in meine Richtung blickten. Ich drehte mich zur anderen Seite, aber ich sah nichts, was ihre Aufmerksamkeit hätte erregen können.

Und dann traf es mich.

Ich benutzte meine verstümmelte Hand zum Essen. Die anderen Studenten starrten *mich* an.

3

»Ein Krüppel glaubt, er könne einen Drachen reiten?«

Obwohl ich ähnliche Dinge schon oft in meine Richtung geschleudert gehört hatte, trafen mich die Worte emotional. Ich schluckte das Essen in meinem Mund hinunter und nahm einen Schluck, dann drehte ich mich um, um zu sehen, wer das gesagt hatte. Einer der Adeligen, der Simon hieß, grinste mich an.

Ich überlegte, ihn einfach zu ignorieren, aber aus einem Grund, den ich nicht erklären konnte, beschloss ich, ihn zur Rede zu stellen.

»Was war das?«, fragte ich.

Simons Lächeln wurde breiter und er steckte sich eine Traube in den Mund.

»Ich sagte, ein Krüppel glaubt, er könne einen Drachen reiten.«

»Wer hat gesagt, dass ich ein Krüppel bin?«

»Schau dir deine Hand an, Niedriggeborener. Sie ist so verkrüppelt wie das Spielzeug eines Drachen. Wie willst du die Zügel halten? Und was ist mit dem Schwingen einer Klinge? Wie willst du auf dem Rücken eines Drachen kämpfen?«

Die Halle war verstummt, als Simon sprach, und alle Augen waren auf mich gerichtet.

»Ich kann eine Klinge ganz gut führen«, erwiderte ich. »Und ich werde lernen, die Zügel zu halten.«

»Oh? Beweise, dass du ein Schwert halten kannst«, sagte Simon. »Fordere mich zu einem Duell heraus.«

Gerade als ich antworten wollte, sprach eine vertraute Stimme.

»Solch unpassende Worte von einem Adeligen. Und noch schlimmer, von jemandem, der glaubt, er sei etwas wert, nur weil er mit einer anderen Haarfarbe geboren wurde.«

Es war Maren. Sie stand ein paar Schritte von Simon entfernt, die Arme vor der Brust verschränkt. Ihr schwarzes Haar fiel in Locken über ihre Schultern. Obwohl sie wie ich eine Niedriggeborene war, wirkte sie in diesem Moment sehr beeindruckend.

Simon war für einen Moment auch verblüfft, aber er stand auf und starrte sie wütend an.

»Wie wagst du es, so mit mir zu sprechen, Niedriggeborene!«

»Das Gleiche könnte ich zu dir sagen, wenn man bedenkt, dass Eldwin hier ein Adliger durch Verdienst ist.«

Simon sah mich an und ich zeigte ihm das Abzeichen auf meiner Schulter. Sein Gesicht wurde rot und er öffnete den Mund, um etwas zu sagen, stürmte aber stattdessen aus dem Speisesaal. Der andere Adlige stand auch auf und ging. Maren kam zu meinem Tisch und setzte sich.

»Ich hätte das selbst regeln können«, sagte ich. »Dir ist klar, dass du dir gerade einen Feind gemacht hast, oder?«

Maren zuckte mit den Schultern. »Ich war mein ganzes Leben lang von Feinden umgeben. Was macht da einer mehr aus?«

Da ging sie wieder hin und sagte etwas, das keinen Sinn ergab. Als Niedriggeborene waren wir zwar die Niedrigsten in der Gesellschaft, aber wir waren nicht von Feinden umgeben. Ich ignorierte ihren Kommentar. Meine Kehle war trocken geworden und ich trank noch etwas Wasser.

»Hast du Hunger?«, fragte ich.

»Nein. Ich habe auf dem Markt gegessen. Ich habe diesen köstlichen Geruch gefunden. Es schmeckte sogar noch besser.«

»Was war es?«

Maren zuckte mit den Schultern. »Irgendein exotisches Fleisch. Ich habe noch nie davon gehört. Wie ist das Essen hier?«

»Köstlich«, antwortete ich. »Wahrscheinlich das beste Essen, das ich je hatte.«

»Du kommst wohl nicht viel raus, oder?«, lachte Maren.

»Was meinst du damit?«

»Nichts.« Sie winkte abweisend mit der Hand. »Es sind noch ein paar Stunden bis zur Zeremonie. Irgendwelche Pläne?«

»Nein?«, sagte ich und biss in das Brot auf meinem Tablett. Es war leicht und fluffig.

»Gut. Du kannst mit mir kommen.«

Ich kaute zu Ende und fragte: »Wohin?«

Maren beugte sich vor und senkte ihre Stimme zu einem Flüstern. »Um die Drachen zu sehen.«

»Was?« Mein Herz rutschte mir in die Hose. Wir konnten doch nicht einfach in die Drachenställe spazieren! Oder doch? Ich spülte das Brot mit etwas Wasser hinunter und senkte meine Stimme. »Dürfen wir sie überhaupt sehen? Wir sind noch nicht einmal vereidigt.«

Das Lächeln auf Marens Gesicht sagte mir alles, was ich wissen musste. Sie war eine Unruhestifterin. Ich lehnte mich in meinem Stuhl zurück und runzelte die Stirn.

»Ich will nicht von der Schule geworfen werden. Ich *kann* nicht.«

»Du wirst nicht rausgeschmissen«, tadelte Maren. »Wenn überhaupt, werden wir gezwungen, das Geschirr zu spülen oder so. Wie du schon sagtest, wir sind noch nicht vereidigt. Wie können sie uns rauswerfen, wenn wir noch nicht einmal Teil der Schülerschaft sind?«

Ich wusste, dass es dumm war, aber ihre Logik hatte etwas an sich, das ich nicht leugnen konnte. Ich starrte sie schweigend an und wollte ihr eigentlich nein sagen, plante, diesen Wahnsinn sofort zu beenden. Als ich sprach, ertappte ich mich dabei, wie ich zustimmte, mit ihr zu gehen. Ich grübelte darüber nach, wie das passiert war, während ich ihr durch die langen Gänge folgte und an Schülern und Lehrern in Roben vorbeiging.

»Warst du schon mal hier?«, fragte ich. Sie ging so selbstsicher, als wäre sie schon hundertmal durch diese Gänge gelaufen.

»Nein. Ich habe aber Karten der Schule gesehen.«

Maren hatte Karten des Ortes auswendig gelernt? Ich schüttelte den Kopf. Sie log. Vielleicht war sie eine Schülerin im dritten oder vierten Jahr, die nur so tat, als wäre sie neu, und wollte mich nur in Schwierigkeiten bringen? Ich war kurz davor umzukehren, als wir eine kleine Holztür erreichten, die relativ versteckt im Schatten lag. Wenn sie nicht davor stehen geblieben wäre, wäre ich daran vorbeigelaufen, ohne sie zu bemerken.

»Hier«, sagte sie leise, aber ihre Stimme hallte den Gang entlang. »Das ist eine Tür, die von den Bediensteten benutzt wird. Sie führt nach draußen in die Nähe des Eingangs zu den Ställen.«

Ich muss zugeben, ich hatte Angst. Das Risiko, erwischt und aus der Zitadelle geworfen zu werden, war etwas, das ich nicht riskieren wollte, aber die Vorstellung, dass direkt hinter dieser Tür Drachen waren, war zu verlockend.

»Lass uns gehen«, sagte ich.

Maren nickte, dieses verdammte Lächeln auf ihrem Gesicht. Sie drehte den Griff und öffnete die Tür. Eine Hitzewelle schwappte über mich hinweg. Obwohl ich wusste, dass es erst kurze Zeit her war, seit ich die Zitadelle betreten hatte, fühlte es sich an, als wären Tage vergangen. Die Sonne stand immer noch hoch am Himmel und brannte erbarmungslos. Maren ging voran und ich folgte ihr dicht. Etwa fünfzig Schritte links war die große Öffnung einer Höhle, die unter die Erde führte, ein riesiger Bau unter der Zitadelle, der als Stall diente.

»Ein paar Schritte drinnen stehen zwei Wachen«, flüsterte Maren über ihre Schulter. »Wir müssen an ihnen vorbeischleichen.«

Wachen? Oh, toll. Meine Zweifel nagten wieder an mir. »Vielleicht sollten wir das nicht tun«, sagte ich. »Wir sollten warten, bis es offiziell Zeit für uns ist, sie zu sehen.«

Maren drehte sich zu mir um. »Bist du ein Angsthase?«, fragte sie. »Alles, was ich höre, ist dein Gezögere.«

Trotz meiner Angst musste ich lachen und schnaubte. Maren zwinkerte mir zu und drehte sich wieder um.

»Sie spielen Würfel«, sagte sie. »Wenn du dich nicht schleppst, sollten wir unbemerkt an ihnen vorbeikommen.«

Wir schlüpften in den Schatten des Höhleneingangs und meine Augen gewöhnten sich langsam an das Dämmerlicht. Maren hatte Recht. Die beiden Wachen saßen im Schneidersitz auf dem Boden und warfen abwechselnd Würfel aus einem Holzbecher.

Als wir an den Wachen vorbeischlichen und tiefer in den Untergrund vordrangen, wurde die Luft kühler. Es war etwa fünfzehn Meter lang stockdunkel, dann wurde alles von Fackeln beleuchtet, die die Wände zu beiden Seiten säumten. In regelmäßigen Abständen befanden sich auf beiden Seiten kleinere Höhlen, die aber immer noch riesig waren.

Ich warf einen Blick in eine und sah riesige Augen in der Dunkelheit glitzern. Ich bin sicher, mein Herz setzte einen Schlag aus, und ich nahm Marens Stimme nur entfernt wahr, konnte aber die Worte nicht verstehen. Der massive Umriss eines Drachenkopfes bewegte sich auf mich zu und ich roch etwas Ätzendes in der Luft. Meine Beine wurden steif. Ich war wie erstarrt, zu verängstigt, um mich zu bewegen. Der Drache kam näher und atmete durch seine Nüstern ein.

Meine Kleidung flatterte durch den Luftzug und der Drache schnaubte einmal, dann öffnete er sein Maul. Ich würde sterben. Daran bestand kein Zweifel, als ich die messerscharfen Zähne der Bestie sah. Dann machte der Drache ein würgendes Geräusch und bevor ich meine Beine zum Wegrennen zwingen konnte, flog ein übelriechender Schleim aus dem Maul des Drachen und bespritzte mich von oben bis unten.

Allein der Unglaube hielt mich vom Erbrechen ab. Der Drache wich zurück und verschwand wieder in den Schatten seiner Höhle. Ich drehte mich zu Maren um. Ihre Augen waren weit aufgerissen, ihr Mund stand offen. Ich war sicher, sie würde jeden Moment anfangen, über mich zu lachen, aber sie tat es nicht.

»Was ist das?«, fragte ich leise, entsetzt.

»Ich glaube, das ist Drachenschleim«, antwortete Maren.

»Ich versuche, nicht durchzudrehen«, sagte ich.

»Immerhin ist es keine Säure. Dann wärst du tot.«

Jetzt fing sie an zu lachen. Ich auch. Ich hatte die Wachen ganz vergessen, bis ich ihre Stiefel auf dem Boden knirschen hörte und ihre Silhouetten in Sicht kamen.

»Komm, hier lang!«, sagte Maren. Sie ergriff meine Hand und zog mich hinter sich her. Ich rutschte fast in der Schleimpfütze auf dem Boden aus, konnte aber zum Glück mein Gleichgewicht halten. Wir rannten tiefer in die Höhle hinein, immer weiter in die Dunkelheit, bis keine flackernden Fackeln mehr an den Wänden waren. Die Schwärze war absolut, und Maren verlangsamte ihr Tempo. Sie hielt weiterhin meine Hand, während wir gingen. Ich redete mir ein, dass es nur war, weil sie mich in der Dunkelheit nicht verlieren wollte.

»Wo gehen wir hin?«, flüsterte ich.

»Weg von den Wachen«, antwortete Maren.

Ich verdrehte die Augen. »Ja, das weiß ich. Ich meine, wo genau gehen wir hin? Der Ausgang liegt hinter uns.«

»Es gibt immer mehr als einen Weg in einen Ort«, sagte Maren. »Wenn ich bedenke, wer dein Vater war, bin ich überrascht, dass du nicht mehr über die Schule weißt. Oder über Drachen.«

Sie hatte Recht. Mein Vater hatte nie wirklich im Detail über die Schule oder seine Tätigkeiten als Drachenreiter gesprochen. Ich hatte immer angenommen, er wollte diesen Teil seines Lebens vom Rest trennen, um ein gewisses Maß an Normalität zu haben.

»Halt«, sagte Maren. »Ich glaube, es ist gleich hier.«

»Was denn?«, fragte ich.

»Die Geheimtür«, sagte Maren. »Du musst mich hochheben.«

»Wie genau?«

»Falte einfach deine Hände, damit ich sie als Stufe benutzen kann.«

Ich biss mir auf die Unterlippe. Sie hatte offensichtlich meine Hand vergessen. Ich räusperte mich.

»Ja, das wird nicht funktionieren. Ich muss meine Arme um deine Taille legen und dich so hochheben.«

»Das sollte klappen«, erwiderte Maren. »Aber komm nicht auf dumme Gedanken.«

Ich schnaubte zur Antwort und bückte mich leicht, dann schlang ich meine Arme um ihre Mitte und hob sie hoch.

»Höher«, sagte sie. »Ich kann die Decke nicht erreichen.«

Maren war nicht schwer, aber sie höher zu heben war etwas unbeholfen. Ich grunzte, als ich nach oben hüpfte und meine Arme etwas tiefer ansetzte. Ihre Oberschenkel drückten gegen meinen Kopf und trotz ihrer Warnung konnte ich den Fluss unangemessener Gedanken, die in meinem Kopf kreisten, nicht stoppen. Sie machte Geräusche, als sie sich streckte, um die Decke zu erreichen, was überhaupt nicht half.

Einen Moment später war ein kurzes Quietschen zu hören. Licht von oben sickerte in die Höhle um

uns herum und Maren zog sich durch ein Mannloch nach oben. Sie bot mir ihre Hand an und ich sprang ein paar Mal, konnte sie aber nicht erreichen. Sie verschwand für ein paar Sekunden, tauchte dann wieder auf und ließ ein Seil herunter.

»Versuch das«, sagte sie.

Ich packte das Seil und kletterte hinauf. Das Mannloch öffnete sich in eine schlichte Steinkammer. Ich legte mich neben sie auf den Boden, der meiste Drachenschleim noch nass auf meiner Haut. Ich verzog angewidert das Gesicht.

»Wo sind wir?«, fragte ich.

Maren kicherte zur Antwort. »Im Frauenbad.«

4

Ein paar Stunden später, nachdem ich den Drachenschleim abgewaschen und meine Kleidung gereinigt hatte, saß ich mit den anderen Anwärtern im Tempel der Schule. Wir waren ungefähr hundert und das Gebäude war erfüllt von einem Stimmengewirr.

Maren hatte mich allein gelassen, als wir aus dem Frauenbaderaum entkommen waren, und zum Glück war der der Männer nicht weit entfernt. Ich konnte mich mit zumindest einem Rest meiner Würde retten. Zu ihrer Ehre muss man sagen, dass Maren nichts über meine Drachenbegegnung gesagt hatte, außer dass sie noch nie von so etwas gehört hatte.

Ich auch nicht, aber was wussten wir beide schon über Drachen? Nicht viel. Ich sah mich im Raum um und entdeckte Maren ein paar Bankreihen weiter. Der Aufbau des Tempels war einfach. Reihen von Bänken links und rechts, getrennt durch einen Mittelgang, und ein erhöhtes Podium an der Vorderseite. Große bunte Glasfenster hinter dem Podium zeigten einen Dragoner, der auf einem riesigen roten Drachen ritt. Ich wusste, dass Drachen verschiedene Farben hatten, aber ich wusste nicht, wie viele es gab. Ich hatte früher einen blauen gesehen, und auf dem Glas war ein roter. Meine Gedanken wurden unterbrochen, als der Schulleiter um Aufmerksamkeit bat.

Ich reckte den Hals, um um die Person vor mir herumzuschauen, und sah, dass der Schulleiter groß und dünn war. Sein Alter war für mich nicht bestimmbar. Er war mindestens in seinen Sechzigern, aber ich dachte das nur, weil sein Haar völlig grau war, einschließlich des kurzen Bartes, der sein Kinn bedeckte. Ich dachte nicht, dass ich ihn von meinem Platz aus hören könnte, aber seine Stimme hallte durch den ganzen Raum.

»Guten Abend, alle zusammen. Willkommen in der Zitadelle. Ich bin Meister Pevus, der Leiter der Schule. Dies ist unsere größte Gruppe von Anwärtern seit vielen Jahren. Hoffen wir, dass dies erst der Anfang sich wandelnder Zeiten ist.«

Meister Pevus bewegte sich auf der Plattform hin und her und blickte zu uns hinaus, schaute in alle Richtungen, bevor er für sich nickte. Das war seltsam. Suchte er jemanden?

»Wie viele von euch wahrscheinlich schon wissen, nehmen wir nicht jeden potenziellen Schüler auf, selbst wenn er die drei Prüfungen besteht. Der Grund dafür ist nicht für euch bestimmt. Es genügt zu sagen, dass es hier Dinge gibt, die ein Geheimnis bleiben werden, egal wie viele Jahre ihr euren Studien widmet.«

Er holte tief Luft und verstärkte seinen Griff um seinen Holzstab. Ich neigte neugierig den Kopf. Dieser Stab war vorher nicht da gewesen. Oder doch? Ich blinzelte und sah die Person neben mir an, aber wenn sie dasselbe bemerkt hatte, zeigte sie es nicht. Ich wandte meine Aufmerksamkeit wieder Pevus zu.

»Die Diener richten gerade das Festmahl her, und wir werden uns alle in wenigen Augenblicken in den Speisesaal begeben. Bitte wartet, bis sie alles aufgetragen haben, bevor ihr beginnt, davon zu essen.«

Meister Pevus drehte den Kopf und räusperte sich, dann sprach er weiter. »Ich habe die geflüsterten Gerüchte gehört, die über die neue Drachenfarbe bei der Bindungszeremonie kursieren.«

Daraufhin erwachten gedämpfte Gespräche um mich herum zum Leben. Meister Pevus hob die Hand, um Ruhe zu gebieten.

»Ich kann bestätigen, dass diese Gerüchte wahr sind. Normalerweise haben wir Rote, Grüne und Blaue, aber dieses Jahr werden wir einige schwarze Drachen dabei haben. Es ist lange her, dass wir schwarze Drachen hatten, daher haben wir einen Lehrer hinzugezogen, der euch bei eurer Ausbildung unterstützen wird, sollte ein schwarzer Drache sich entscheiden, sich mit euch zu verbinden.«

Ich versuchte mir vorzustellen, wie ein schwarzer Drache aussehen würde, aber da ich bisher nur einen Drachen gesehen hatte, versagte meine Fantasie kläglich. Er hatte gerade vier Farben genannt, und das erschien mir wie eine Menge. Natürlich war ich in Bezug auf Drachen völlig ungebildet, also lag ich wahrscheinlich falsch. Vielleicht gab es Hunderte verschiedener Farben.

»Diejenigen von euch, die mit der Zitadelle vertraut sind, werden vielleicht einige kürzlich vorgenommene Veränderungen auf dem Gelände bemerken. Um die Fragen an eure Kuratoren zu vermindern, verweise ich euch einfach zurück auf meine ursprüngliche Aussage über Geheimnisse. Wenn ihr euren Kurator mit unnötigen Fragen belästigt, werdet ihr euch beim Geschirrspülen oder einer anderen unangenehmen Aufgabe wiederfinden.«

Ich machte mir eine geistige Notiz, mich daran zu erinnern. Das Letzte, was ich wollte, war bestraft zu werden. Schließlich musste ich dem respektierten Andenken meines Vaters gerecht werden. Meister Pevus ging langsam den Mittelgang hinunter und blickte die Bankreihen auf und ab.

»Ich werde den Weg zum Speisesaal anführen. Beginnend mit der letzten Reihe sollt ihr mir folgen. Sobald alle aus der Reihe sich eingereiht haben, wird die nächste Reihe dasselbe tun. Wiederholt das für jede Reihe.«

Ich drehte mich um, um Meister Pevus beim Anführen zuzusehen. Wie er befohlen hatte, erhoben sich alle von den Bänken und stellten sich in einer Reihe auf, um ihm zum Speisesaal zu folgen. Meine Reihe war vor Marens, also konnte ich nicht viel mit ihr reden, während wir gingen. Um mich herum gab es geflüsterte Unterhaltungen. Ich lauschte ein paar davon und erfuhr, dass Menschen an der Grenze von Osnen von seltsamen Dingen berichteten.

Ein Gespräch zwischen zwei jungen Mädchen enthüllte, dass Gerüchte über die Rückkehr von jemandem, der der Falsche König genannt wurde, verbreitet wurden. Ich wusste nicht, wer das war, aber ich hörte trotzdem aufmerksam zu. Anscheinend dachten alle, er sei vor Jahren gestorben.

Die restlichen Gespräche waren langweilig. Ich war überrascht, als mich jemand von hinten anstupste, und als ich über meine Schulter blickte, sah ich, dass es Maren war.

»Wo kommst du denn her?«, fragte ich.

»Meine Mutter und die Behörden versuchen das immer noch herauszufinden.«

Sie sagte es mit einem so ernsten Gesicht, dass ich es für einen Moment tatsächlich glaubte. Marens Gesicht brach in ein Lächeln aus und sie kicherte.

»Ich mache nur Spaß, Eldwin. Hat dir schon mal jemand gesagt, dass du zu leichtgläubig bist?«

»Du wärst tatsächlich die Erste«, erwiderte ich. »Und ich bin nicht leichtgläubig.«

»Klar.« Maren zwinkerte mir übertrieben zu.

Wir erreichten den Speisesaal und meine Augen weiteten sich, als wir eintraten. Der Raum sah völlig anders aus als noch vor wenigen Stunden. Die Tische waren umgestellt worden und in der hinteren Ecke war eine Bühne errichtet worden. Eine Gruppe von Darstellern stand abseits und unterhielt sich. Meister Pevus stand geduldig in der Nähe der Türen. Er wartete, bis alle eingetreten waren, bevor er sprach.

»Euch allen wurde basierend auf eurer Wohnungszuweisung ein Kurator zugeteilt. Jeder Tisch ist mit den Nummern des Flügels und der Etage gekennzeichnet. Bitte findet eure Tische und nehmt Platz.«

Das sorgte für etwas Chaos, als etwa hundert von uns versuchten, sich zwischen dem Labyrinth aus Tischen zurechtzufinden, um unseren Platz zu finden. Es kam zu viel unbeabsichtigtem Gedränge, aber schließlich fanden alle ihre Tische und setzten sich. Ich sah mich an meinem Tisch um und war überrascht festzustellen, dass Maren und Simon demselben Kurator zugeteilt waren wie ich. Offensichtlich war ich über Ersteres glücklich und über Letzteres enttäuscht.

Diener beeilten sich, das Essen auf den Tischen zu platzieren, und sobald sie den Raum verlassen hatten, klopfte Meister Pevus mit seinem Stab auf den Boden, um Aufmerksamkeit zu erregen.

»Bevor wir essen, möchte ich euch alle euren Leitern vorstellen. Kuratoren, wenn ihr so freundlich wärt?«

Eine Gruppe von Männern und Frauen in Roben betrat den Speisesaal und teilte sich auf, wobei sich jeder neben einen Tisch stellte. Unser Kurator war ein Mann. Er war mittleren Alters, hatte kurzes braunes Haar und ein glatt rasiertes Gesicht. Seine Augen waren grün und er hatte die weißesten Zähne, die ich je gesehen hatte.

»Seid gegrüßt«, sagte er. »Ich bin Kurator Anesko. Sobald das Abendessen beendet ist, werde ich euch zu euren Zimmern führen und die Regeln der Schule erklären. Es sind nicht viele, aber sie sind wichtig und haben gute Gründe. Genießt die Mahlzeit und die Zeremonie, denn morgen beginnt die schwierigste Reise, die ihr je erlebt habt.«

Ich tauschte Blicke mit Maren aus. Sie zuckte mit den Schultern und begann, ihren Teller zu füllen. Ich hatte nicht besonders großen Hunger, also wählte ich ein paar lecker aussehende Dinge aus und aß sparsam. Ich wusste, dass ich nicht so viel hätte essen sollen wie zuvor, aber ich konnte nicht anders. Ich hatte großen Durst und trank mehrere Becher

Wasser. Schon bald konnte ich spüren, wie meine Blase sich bemerkbar machte. Ich hatte keine Ahnung, wo ich mich erleichtern konnte, also versuchte ich, meinen Körper zu ignorieren, indem ich unter dem Tisch mit dem Bein wippte.

Während ich mich im Raum umsah und versuchte, mich nicht einzunässen, bemerkte ich einen rotgesichtigen Mann, der den Speisesaal betrat. Er schien aufgeregt zu sein und näherte sich Meister Pevus. Sie führten eine geflüsterte Unterhaltung und Meister Pevus' Gesicht wirkte beunruhigt. Der Bote ging und Meister Pevus sah mich direkt an. Ich schluckte schwer. Wusste er von meinem früheren Vergehen mit dem Drachen?

Das verstärkte mein Bedürfnis, mich zu erleichtern, aber als die Nacht weiterging, sagte er nie etwas zu mir. Vielleicht war es nur meine wilde Fantasie. Die Künstler unterhielten uns mit akrobatischen Kunststücken, Jonglage und vielen anderen Darbietungen. Schließlich merkte ich, wie ich gähnte, und der Drang, meine Blase zu entleeren, war zu stark. Ich erhob mich vom Tisch und ging auf Kurator Anesko zu.

»Wo sind von hier aus die Toiletten?«, fragte ich. Mein Körper wurde langsam heiß und schwitzig.

Ich war sicher, dass er mein Unbehagen sehen konnte. Kurator Anesko bedeutete mir, ihm zu folgen, und führte mich aus dem Speisesaal. Wir gingen nach links und am Ende des Ganges nach rechts. Der Waschraum für Männer, den ich zuvor benutzt hatte, befand sich auf der rechten Seite. Ich dankte dem Kurator und erleichterte mich schnell, wobei ich erleichtert aufseufzte.

»Sag deiner Freundin, sie soll aufpassen«, sagte eine leise Stimme.

Ich drehte mich erschrocken um, aber niemand war da.

5

Nach der Zeremonie folgten wir Kurator Anesko zum Nordflügel. Eine große Treppe führte in den zweiten Stock und wir standen alle am Fuß. Ich hatte vergessen, welches Zimmer der Provost mir zugeteilt hatte. Anscheinend ging es allen anderen genauso.

Am Ende musste der Kurator uns sagen, in welche Zimmer wir gehen sollten. Ich hatte angenommen, dass wir alle unsere eigenen Zimmer hätten, und war ziemlich enttäuscht, als ich merkte, dass sich immer zwei Studenten ein Zimmer teilten. Und natürlich war Simon mein Zimmergenosse.

Bevor wir uns für die Nacht zurückziehen durften, verlangte Anesko unsere ungeteilte Aufmerksamkeit. Wir stellten uns in einer Reihe auf, dem Kurator zugewandt. Er verschränkte die Hände hinter dem Rücken und ließ seinen Blick langsam über die Reihe der Studenten wandern, wobei er bei jedem von uns ein paar Sekunden innehielt.

»Es gibt einige Regeln, die ihr beachten müsst. Es ist von äußerster Wichtigkeit, dass ihr diese Regeln nicht brecht, sonst wird eure Zeit hier *sehr* kurz sein.«

Aneskos Blick verweilte aus irgendeinem Grund auf mir, und wieder fragte ich mich, ob jemand

Maren und mich vorhin gesehen hatte. Der Kurator setzte seine Rede fort, sein strenger Blick musterte uns alle, als wären wir Verbrecher.

»Erstens, nach der Sperrstunde, die mit dem dritten Glockenschlag nach dem Abendessen beginnt, darf niemand sein Zimmer verlassen. Die Glocke läutet stündlich von der Morgendämmerung bis zur Sperrstunde. Wenn ihr dabei erwischt werdet, außerhalb eures Zimmers herumzulungern, außer um die Toilette zu benutzen, werdet ihr euch vor mir verantworten. Ist das verstanden?«

Wir alle nickten stumm.

»Gut. Zweitens, außerhalb der Sperrstunde dürft ihr euch überall auf dem Gelände aufhalten, außer in den Drachenställen. Bis ihr in den Rang eines Adepten befördert werdet, habt ihr vielleicht das Glück, im Vorbeigehen einen Drachen zu erblicken. Drachen sind mächtige und listige Kreaturen, und bis ihr die nötigen Fähigkeiten beherrscht, um nicht unter ihre Macht zu fallen, werdet ihr euch ihnen *nicht* auf fünfzig Fuß nähern. Ist das auch verstanden?«

Ich schluckte schwer und nickte, als ich mich daran erinnerte, wie der Drache vorhin nur wenige Fuß entfernt gewesen war. Der Drache hätte mich nicht nur fressen können, sondern es schien, als hätten sie auch Kräfte? Konnten sie Magie wie Zauberer einsetzen? Ich wusste, dass ein

Drachenreiter und ein Drache eine besondere Verbindung hatten, aber abgesehen von diesem kleinen Wissen hatte mir mein Vater nicht viel mehr erzählt.

»Drittens, und vielleicht am wichtigsten, dürft ihr die Details eurer Tests nicht miteinander teilen. Die Tests, die ihr durchlaufen werdet, sind für jeden Studenten unterschiedlich, und die Ergebnisse dienen den Kuratoren und Meister Pevus dazu, eure Würdigkeit für die Verbindung mit einem Drachen zu bestimmen. Wenn ihr eure Testdetails teilt, werdet ihr sofort aus der Zitadelle entfernt und eure Erinnerungen werden magisch gelöscht. Ihr werdet euch nicht an diesen Ort erinnern oder daran, jemals hier gewesen zu sein.«

Meine Augen weiteten sich vor Überraschung. Ich wusste weniger über Magie als über Drachen. Die Vorstellung, dass eine einzelne Person die Macht hatte, Erinnerungen zu löschen, war ... zumindest erschreckend. Wenn ein Zauberer das konnte, wozu waren sie sonst noch fähig?

»Es gibt noch andere, kleinere Regeln, aber diese drei sind unumstößlich. Ihr werdet sie nicht anfechten können, wenn ihr schuldig seid, sie gebrochen zu haben. Versteht ihr alle die Regeln, wie ich sie erklärt habe?«

Es gab wieder Nicken, aber Anesko schien nicht zufrieden.

»Ich möchte euer Verständnis hören«, sagte er.

»Ja, Kurator«, sagten einige von uns.

»Alle zusammen«, verlangte er.

»Ja, Kurator«, erhoben sich alle unsere Stimmen gemeinsam.

»Ausgezeichnet. Normalerweise würden die Tests am Morgen beginnen, aber Meister Pevus hat beschlossen, sie um einen Tag zu verschieben. Ihr habt morgen frei, um den Tag nach Belieben zu genießen. Ich würde vorschlagen, dass ihr eure Umgebung kennenlernt und euch mit dem Labyrinth der Gänge vertraut macht. Die Mahlzeiten werden beim zweiten Glockenschlag, beim siebten Glockenschlag und beim dreizehnten Glockenschlag serviert. Wenn ihr nicht zu den festgelegten Zeiten esst, esst ihr gar nicht.«

Das sollte eine Schule sein. Warum waren die Regeln so hart? Studenten zum Hungern zu zwingen, schien falsch. Zugegeben, Hunger war etwas, woran ich gewöhnt war, aber trotzdem. Keiner der Adeligen wusste wahrscheinlich, was Hunger bedeutete. Ich fand eine gewisse Genugtuung in dieser Vorstellung. Ein verwöhnter Adliger, der hungern musste, könnte daraus vielleicht etwas lernen.

»Ihr seid alle entlassen«, sagte Anesko, dann drehte er sich auf dem Absatz um und ging.

Nachdem er außer Sichtweite war, scherzte Maren laut: »Der Typ muss mal lockerer werden. Das Leben ist nicht so ernst.«

Ich grinste sie an, aber alle anderen ignorierten sie und schlurften die Treppe hinauf, die zu unseren Zimmern führte. Maren und ich gingen als Letzte hinauf. Sie sah sich immer wieder um und ich hatte das Gefühl, dass sie etwas im Schilde führte.

»Was machst du morgen?«, fragte sie, ihre Stimme viel leiser als zuvor.

»Ich lerne, mich in der Schule zurechtzufinden«, antwortete ich.

»Das klingt langweilig«, schnaubte sie. »Willst du wieder die Drachen sehen gehen? Vielleicht kotzt diesmal keiner auf dich und wir können einen anfassen.«

Ich blieb mitten im Schritt stehen und sah sie ungläubig an. »Hast du dem Kurator nicht zugehört, oder suchst du Ärger? Wir dürfen nicht in die Ställe gehen.«

»Regeln sind dazu da, gebrochen zu werden, Eldwin.«

»Glaub mir«, sagte ich und hob meine verstümmelte Hand, damit sie sie sehen konnte. »Regeln gibt es aus gutem Grund.«

Maren starrte einen Moment schweigend auf meine Hand, dann öffnete sie den Mund, als wollte sie etwas sagen. Stattdessen presste sie die Lippen zusammen und nickte einmal, dann ging sie weiter die Treppe hinauf. Endlich. Vielleicht konnte sie doch lernen, die Regeln zu befolgen.

Ich betrat mein Zimmer, die dritte Tür von der Treppe aus. Simon war bereits drinnen. Seine Habseligkeiten waren von einem Diener geliefert worden, und seine Sachen waren ordentlich auf einer Seite des Zimmers arrangiert. Ich hatte nur die Kleidung, die ich trug. Es störte mich nicht allzu sehr. Ich versuchte, die positive Seite zu sehen. Schließlich musste ich nicht eine Menge Sachen herumschleppen.

Ich setzte mich auf mein Bett und streifte meine abgetragenen Stiefel ab, dann legte ich mich zurück und starrte an die Decke. Aus dem Augenwinkel konnte ich sehen, dass Simon mich offensichtlich ignorierte. Ich versuchte, mein Lächeln zu verbergen, falls er in meine Richtung schaute. Maren hatte eine feurige, rebellische Persönlichkeit. Das wäre nicht schlimm, wenn sie adlig wäre, aber Niedriggeborene konnten es sich nicht leisten, so unbesonnen zu handeln.

Trotzdem fand ich sie anziehend wie eine giftige Blume. Sie war schön anzusehen, aber wenn man ihr zu nahe kam, würde sie einen infizieren. Vielleicht wäre das gar nicht so schlimm. Solange sie mich nicht aus der Zitadelle werfen ließ, konnte ich mit ihrer unerschrockenen Art umgehen.

»Hey«, sagte Simon barsch.

»Ich weiß, ›Sag meiner Freundin, sie soll aufpassen.‹ Ich habe deine Warnung verstanden, Simon.«

»Wovon faselst du da?«, fragte er.

Ich setzte mich auf und sah ihn an. »In der Waschanlage. Ich habe deine versteckte Drohung über Maren gehört.«

Simon sah aufrichtig verwirrt aus. »Ich weiß nicht, wen du gehört hast, aber ich war es nicht.« Er schüttelte den Kopf und murmelte etwas vor sich hin.

»Schon gut. Was wolltest du dann sagen?«, fragte ich.

»Ich wollte sagen, dass ich es für das Beste halte, wenn du jetzt gehst, solange du noch eine Wahl hast. Diese Hand wird dir hier keine Vorteile verschaffen.«

»Wie selbstlos von dir«, erwiderte ich und legte mich wieder hin.

»Ich versuche, dir zu helfen, deine Ehre zu bewahren«, sagte Simon. »Du magst zwar nicht als Adliger geboren sein, aber die Tat deines Vaters sollte nicht in Verruf geraten, nur weil du zu stur bist, um aufzugeben.«

»Ich kann nicht aufgeben«, sagte ich. »Ich habe nichts außer dieser Schule.«

Es folgte ein langes Schweigen. Ich sah zu Simon hinüber, um zu sehen, warum er nichts sagte. Er lag auf seinem Bett, den Rücken zu mir gewandt. Ich verdrehte die Augen. Wie konnte er es wagen, mir zu sagen, was die Ehre meines Vaters wert war? Ich wusste es besser als jeder andere, besonders als so ein verwöhnter Adelssprössling. Ich ärgerte mich immer noch, als ich Simon schnarchen hörte. Es war nicht zu laut, aber ich hatte Schwierigkeiten einzuschlafen, und das Geräusch störte mich.

Ich rollte mich aus dem Bett und verließ das Zimmer, ging dann die Treppe hinunter und fand meinen Weg zur Waschanlage. Der Steinboden war kalt unter meinen Füßen, aber es fühlte sich gut an. Ich spritzte mir etwas Wasser aus einem Eimer ins Gesicht und starrte in einen der Spiegel, die an der Wand hingen.

Meine Augen waren rot. Ich war körperlich erschöpft, konnte aber nicht schlafen. Meine Gedanken rasten in alle Richtungen. Ich machte mich auf den Weg zurück zum Nordflügel mit der Absicht, mich zum Schlafen zu zwingen, als ich einen Schatten sah, der nach links den Gang hinunterhuschte. Ich wusste, ich hätte mich einfach um meine eigenen Angelegenheiten kümmern sollen, aber meine Neugier war geweckt, und ich folgte dem Schatten langsam.

Als ich um die Ecke bog, erkannte ich Maren. Sie war überraschend leise für ihr schnelles Tempo.

»Maren!«, flüsterte ich laut.

Sie musste mich nicht gehört haben, denn sie verschwand in den Schatten. Ich wollte ihr fast folgen, aber ich wollte nicht riskieren, vom Kurator erwischt zu werden. Ich schaffte es zurück in mein Zimmer und kletterte ins Bett, dann lag ich da und versuchte, meinen Kopf frei zu bekommen.

Als die Sonne aufging und Simon aufstand, war ich immer noch wach. Der Tag würde hart werden.

6

Ich schaffte es, rechtzeitig zum Frühstück in den Speisesaal zu kommen.

Auf dem Serviertisch türmten sich kleine Berge von Rühreiern, gebuttertem Toast und dicken Würsten. Ich war nicht so hungrig, wie ich erwartet hatte, also aß ich nur wenig und hörte den Gesprächen um mich herum zu. Einige Leute redeten darüber, wie unhöflich sie den Kurator fanden, und andere darüber, dass sie die Drachen sehen wollten.

Maren war wenig überraschend abwesend. Ich vermutete, dass sie sich wahrscheinlich schon hinuntergeschlichen hatte, um die Drachen zu sehen. Sie würde erwischt werden, da war ich mir sicher. Es würde mich traurig stimmen, sie gehen zu sehen, aber es wäre ihre eigene Schuld, wenn sie die Regeln brach. Ich fragte mich, wohin sie letzte Nacht gegangen war, aber das ließ sich nicht sagen. Sie war ein Freigeist.

Ich beschloss, den Markt in Autumnwick zu erkunden, da ich bezweifelte, dass wir viele Tage für uns selbst haben würden. Ich hatte zwar kein Geld zum Ausgeben, wollte aber einfach nur etwas frische Luft schnappen. Es war überraschend, dass ich nicht im Stehen einschlief, da ich in der Nacht zuvor überhaupt nicht geschlafen hatte.

Als ich durch die verschiedenen Gänge mit Ständen schlenderte, sah ich Waren aller Art. Schwerter und Rüstungen, Fleisch und Gebäck, und viele Dinge, die ich nicht erkannte. Da es noch früh am Morgen war, waren die Menschenmengen überschaubar. Ich blieb an einem Stand mit Dolchen stehen und bewunderte die Handwerkskunst.

Einer fiel mir besonders ins Auge. Der Griff war in Form eines Drachenkopfes gestaltet, und die Klinge war wie ein Drachenzahn gebogen. Er würde gut zu meinem Schwert passen, aber ich fragte den Verkäufer gar nicht erst nach dem Preis. Jemand kam neben mich und ich trat zur Seite, um Platz zu machen.

»Eldwin.« Es war Simons Stimme.

Ich schaute überrascht auf, ihn auf dem Markt zu finden. Normalerweise schickten Adlige ihre Diener für sie, aber da er jetzt in der Schule war, nahm ich an, dass Simon sich daran gewöhnen musste, Dinge selbst zu erledigen.

»Simon«, erwiderte ich knapp.

»Ich wollte mich für das entschuldigen, was ich gestern Abend gesagt habe«, sagte er.

Verwirrung überkam mich. Simon wollte sich entschuldigen? Ich blinzelte ein paar Mal, mein Verstand versuchte, seine Worte zu begreifen.

»Ich hätte weniger schroff sein können mit dem, was ich gesagt habe. Es ist nur schwer zu hören, wie alle schlecht über dich reden wegen deiner Hand. Dein Vater war ein Held, und auch wenn er von niederer Geburt war, ist das nicht richtig. Ich wollte nur helfen.«

»Nun, du hast auch über meine Hand geredet.«

»Ich weiß. Es tut mir leid.«

Simon verwirrte mich. Er war ein Adliger, und Adlige waren alle gleich. Egoistisch, selbstverliebt und anspruchsvoll. Und doch entschuldigte er sich hier. Ich hätte mir nie vorstellen können, dass sich ein Adliger überhaupt entschuldigt, aber besonders nicht bei mir.

»Mach dir keine Gedanken darüber«, sagte ich. »Ich bin es gewohnt, glaub mir.«

»Ich möchte es wieder gutmachen«, sagte Simon.

»Das musst du nicht«, sagte ich.

»Ich will aber«, erwiderte er. »Komm mit mir.«

Simon ging weg, bevor ich widersprechen konnte. Ich sah ihm nach und überlegte, ob ich ihm folgen sollte oder nicht. Die innere Debatte dauerte ein paar Sekunden, dann seufzte ich und beeilte mich, ihn einzuholen. Ich war nicht zu stolz.

»Wirklich«, sagte ich. »Du musst nichts tun.«

»Es ist das Mindeste, was ich tun kann.«

Simon bog nach links ab, weg vom Markt und in eine Gasse. Ich wusste nicht, wohin er mich führte, aber ich folgte ihm weiter. Eine weitere Linkskurve brachte uns hinter ein Gebäude. Dort lehnte eine Gruppe von Wachen an der Wand des Gebäudes. Ein Gefühl des Unbehagens überkam mich, als ich sah, dass es sich um Stadtwachen handelte.

Ich begann, rückwärts zu gehen, aber das Klirren von Kettenhemd machte mich auf weitere Wachen aufmerksam, die sich von hinten näherten. Instinktiv griff ich nach meinem Schwert, erinnerte mich aber daran, dass es in der Waffenkammer der Zitadelle war. Mein Herz begann in meiner Brust zu hämmern.

»Gut gemacht, Simon«, sagte einer der Wachen. »Ich dachte schon, er hätte die Stadt verlassen, bevor ich ihn angemessen in Autumnwick willkommen heißen konnte.«

Die Wache, die gesprochen hatte, trat vor und ich erkannte ihn vom anderen Tag. Er war derjenige, der Maren belästigt hatte, bevor ich einschritt. Ich schluckte schwer, wissend, dass was auch immer er für mich geplant hatte, es nicht gut sein konnte.

»Wie heißt du?«, fragte die Wache.

Ich blieb stumm, aber Simon sprach.

»Sein Name ist Eldwin. Sein Vater war Matthias Baines.«

Die Wache neigte leicht den Kopf. »Der Kriegsheld?«, fragte er.

»Genau der«, antwortete Simon.

»Es ist eine Schande, dass er einen Sohn großgezogen hat, der nicht weiß, wie man sich um seine eigenen Angelegenheiten kümmert. Wie auch immer, ich werde es genießen, ihm eine Lektion zu erteilen.« Er gab ein Handzeichen und die Wachen hinter mir packten grob meine Arme und hielten mich fest.

»Weißt du, Eldwin, hier in Autumnwick mögen wir Stadtwachen keine Dragoner. Zugegeben, du bist noch keiner, aber du versuchst, dir deinen Weg hinein zu verdienen. Weißt du, warum wir Dragoner nicht mögen?«

Ich starrte ihn an und versuchte, trotzig auszusehen. Falls es funktionierte, ließ die Wache es sich nicht anmerken.

»Es liegt daran, dass sie Leute wie dich aufnehmen. Krüppel, Niedriggeborene, beschädigte Menschen. Wie erwarten sie, dass Leute wie du das Königreich verteidigen?« Er schüttelte den Kopf. »Schau dir seine verfluchte Hand an! Er kann nicht einmal richtig ein Schwert halten.«

»Ich kann eine Klinge führen«, sagte ich schließlich.

»Ah, jetzt spricht er also. Ich bezweifle, dass du in dieser Hand die Kraft hast, das Schwert eines echten Mannes zu halten.«

»Die Klinge meines Vaters ist mehr das Schwert eines echten Mannes, als du je gesehen hast.« Wut begann in mir zu brodeln.

»Ist das so?« Die Wache trat näher, nur wenige Zentimeter von mir entfernt. Ich konnte das Leder seiner Rüstung riechen, zusammen mit dem Geruch seines Körpergeruchs. Ich rümpfte die Nase. Er brauchte dringend ein Bad.

»Jon, du hast gesagt, du würdest ihn nur ein bisschen erschrecken«, sagte Simon. Ich sah ihn an, aber er erwiderte meinen Blick nicht.

»Das tue ich«, antwortete Jon. »Aber er scheint noch nicht verängstigt zu sein.«

Schmerz durchzuckte meinen Magen, als Jon seine Faust hineintrieb. Ich wäre auf die Knie gesunken, wenn seine Kumpane nicht meine Arme festgehalten hätten. Ich sog zwischen Hustenanfällen Luft ein. Die Erkenntnis, dass Simon mich hereingelegt hatte, machte mich nur noch wütender, aber ich war in der Unterzahl und überwältigt.

»Du bist erbärmlich«, spuckte Jon aus. »Du wirst immer im Schatten deines Vaters leben. Zumindest lebt er nicht mehr, um zu sehen, wie erbärmlich du bist.«

Jon schlug mich erneut. Seine Wachen ließen meine Arme los und ich fiel zu Boden. Staub stieg auf und gelangte in meinen Mund. Es machte meine

Zähne sandig und ich wollte es ausspucken, aber ich konnte kaum atmen.

»Komm schon, Jon. Lass ihn einfach hier.« Es war wieder Simon. Vielleicht hatte er ein schlechtes Gewissen und versuchte deshalb einzugreifen. Es spielte keine Rolle. Er hatte mich verraten. Dragoner sollten das Königreich verteidigen und seine Bewohner schützen, doch Simon war nicht besser als diese armseligen Wachen.

»Das ist eine gute Idee, Simon. Ich werde ihn hier lassen. So wird niemand seine Leiche finden.«

Ich hörte klirrenden Stahl und blickte auf, um zu sehen, dass Jon sein Schwert gezogen hatte. Vor Schreck bewegten sich meine Glieder wie von selbst, und ich kämpfte mich auf die Füße. Die Wachen hinter mir stießen mich zurück zu Boden, und meine Knie schlugen schmerzhaft auf die Erde.

»Was tust du da?«, forderte Simon. »Du kannst doch niemanden ermorden!«

»Ich kann tun, was ich für richtig halte«, wies Jon ihn zurecht.

»Das werde ich nicht zulassen.«

»Pass auf, Simon. Du magst zwar adlig sein, aber mein Vater steht über deinem.«

Ich machte mich bereit aufzuspringen und wegzulaufen, als Jon sein Schwert hob. Simon schrie protestierend auf und packte Jons Arm, als dieser zum Schlag ausholte, was seine Bewegung aus dem

Takt brachte. Die Klinge schwang haarscharf an meinem Gesicht vorbei. Ich kroch rückwärts und stieß gegen die Beine der Wachen hinter mir.

Simon und Jon rangen miteinander. Ich versuchte aufzustehen, aber einer der Wachen schlug mir auf den Kopf. Quälende Schmerzen durchzuckten meinen Körper. Ich keuchte auf und meine Sicht drohte schwarz zu werden. Ich kämpfte gegen die Bewusstlosigkeit an, aber es war ein aussichtsloser Kampf.

Ein greller Lichtblitz und ein Geräusch wie Donner hallten von den Gebäuden um uns herum wider. Ich war bereits benommen, und das Licht blendete mich, stach in meine Augen und explodierte in meinem Hinterkopf wie tausend winzige heiße Glassplitter.

Ich schrie auf, unfähig den Schmerz zu ertragen, aber ich konnte mich selbst nicht über das donnernde Grollen hören. Es schien, als würde die Welt untergehen, untergehen in brennendem Licht und dröhnendem Lärm. Ich konnte schwache Umrisse der Wachen erkennen, die an mir vorbei hasteten. Kurz bevor mich die Dunkelheit der Bewusstlosigkeit in ihre Arme schloss, glaubte ich ein vor Wut verzerrtes Gesicht zu sehen.

Marens Gesicht.

7

Als ich erwachte, hatte ich keine Ahnung, wo ich mich befand.

Mein Kopf fühlte sich benebelt an, als wäre er mit Watte gefüllt. Ich lag auf dem Rücken und starrte an eine weiße Decke. Ich hatte schrecklichen Durst und meine Lippen waren aufgesprungen. Mit meiner trockenen Zunge darüber zu lecken, war, als würde man Sandstein zur Befeuchtung benutzen.

»Wasser«, krächzte ich, als ich versuchte, mich aufzusetzen.

Eine Welle der Übelkeit überkam mich und ich musste mich wieder hinlegen. Ein dumpfer Schmerz pochte in meinem Magen, und ich erinnerte mich vage daran, dass Jon mich geschlagen hatte. Es fühlte sich wie eine Ewigkeit an, bis die Übelkeit vorüber war und ich mich zwingen konnte, mich aufzusetzen.

Es waren zwei Personen mit mir im Raum. Ich erkannte sofort Kurator Anesko, aber die andere Person kannte ich nicht. Es war eine Frau, und anstatt grauer oder brauner Roben trug sie weiße. Sie kam zu mir herüber und trug einen hölzernen Krug und einen Becher. Sie goss etwas Wasser in den Becher und reichte ihn mir. Ich wollte gerade einen Schluck nehmen, als ich winzige Blätter im Wasser schwimmen sah. Ich schaute die Frau neugierig an.

»Das wird gegen die Schmerzen helfen«, sagte sie.

Ich war zu durstig, um mich darum zu kümmern, ob das stimmte oder nicht. Ich trank gierig und leerte den ganzen Becher, als hätte ich seit Wochen kein Wasser mehr gehabt.

»Wo bin ich?«, würgte ich hervor, als ich ihr den leeren Becher zurückgab. Sie streute noch mehr Blätter in den Becher und füllte ihn wieder auf.

»In der Krankenstation«, antwortete sie. »Wie fühlen Sie sich?«

»Schlecht«, sagte ich. »Aber ich habe mich schon schlechter gefühlt.« Ich hob meine Hand zur Betonung.

»Wie bin ich hierhergekommen?«, fragte ich.

»Das lasse ich Kurator Anesko beantworten«, sagte sie. Sie blickte zu ihm zurück und er gesellte sich zu uns.

»Was haben Sie auf dem Markt gemacht?«, fragte Anesko. Sein Ton war nicht so fürsorglich wie der der Heilerin.

»Ich habe die Stände angeschaut.«

»Wie sind Sie hinter das Gebäude der Geldwechsler geraten?«

Ich wusste nicht, was ein Geldwechsler war, aber ich nahm an, er meinte das Gebäude, hinter das

Simon mich geführt hatte. Ich öffnete den Mund, um zu antworten, und zögerte. Simon hatte mich zwar verraten, aber er hatte auch versucht, mich zu verteidigen, als er merkte, dass Jon mich töten wollte. Ich überlegte, ob ich ihm etwas schuldete, und beschloss, dass seine Handlungen sich gegenseitig aufgehoben hatten. Ich schuldete ihm nichts.

»Simon hat mich mit dem Versprechen, mir etwas zu geben, hinters Gebäude gelockt. Das Einzige, was dort war, waren die Stadtwachen. Sie haben versucht, mich zu töten.«

Anesko tauschte Blicke mit der Heilerin aus.

»Trinken Sie das«, sagte die Frau, dann gingen sie und Anesko beiseite und führten ein geflüstertes Gespräch.

Ich konnte nicht hören, was sie sagten. Ein leises Klingeln hatte sich in meinen Ohren eingenistet. Ich nippte an dem Wasser und sah mich in der Krankenstation um. Die Wände waren weiß wie die Decke, aber der Boden bestand aus demselben grauen Stein wie der Rest der Zitadelle. Reihen von Betten waren ordentlich aufgestellt, alle leer bis auf eines. Mir war vorher nicht aufgefallen, dass jemand in dem Bett lag, mit einem Verband um den Oberkörper gewickelt. Ein großer, leuchtend roter Fleck befleckte den sterilen Stoff.

Blut. Jede Menge davon.

Anesko und die Heilerin kamen zurück und ich wandte meine Aufmerksamkeit ihnen zu.

»Ich werde Sie zu Ihrem Zimmer bringen«, sagte Anesko. »Sie können sich dort für den Rest des Tages ausruhen. Morgen beginnt die erste Prüfung, und leider gilt: Wenn Sie morgen nicht antreten, treten Sie gar nicht an.«

»Er braucht mindestens drei weitere Tage Ruhe«, warf die Heilerin ein.

»Ich mache die Regeln nicht, Anessa. Ich setze sie durch.«

»Schon gut«, sagte ich. »Ich fühle mich zwar etwas angeschlagen, aber ich kann die Prüfung ablegen.«

»Sind Sie sicher?«, fragte Anessa, ihr Gesicht von Sorge gezeichnet.

»Ich muss. Das ist meine einzige Chance.« Ich konnte mir nicht sicher sein, aber ich glaubte, ein leichtes Schmunzeln auf Aneskos Lippen zu sehen. War er stolz auf mich oder versuchte er, nicht über meine Schwäche zu lachen? Ich nahm an, es spielte keine Rolle.

»Wenn ihm etwas zustößt, werde ich nicht erfreut sein«, warnte Anessa den Kurator. Anesko verdrehte die Augen und bot mir seine Hand an. Ich nahm sie an und rutschte vom Bett. Ohne ein weiteres Wort führte mich der Kurator durch die Krankenstation zur Tür. Als wir an dem Bett mit der blutenden Person vorbeikamen, sah ich, dass es Simon war. Meine Augen weiteten sich vor Überraschung.

»Was ist mit Simon passiert?«, fragte ich.

»Er wurde erstochen«, antwortete Anesko.

»Erstochen?« Ich erinnerte mich an seine Rangelei mit Jon. Der Wächter musste die Oberhand gewonnen haben. Ich biss vor Wut die Zähne zusammen, was meinen Kopfschmerz nur verstärkte. »Wird er wieder gesund?«

»Machen Sie sich keine Sorgen um ihn. Sie haben genug eigene Probleme.«

Ich war mir nicht sicher, was Anesko damit meinte, und ich fragte nicht nach. Wir gingen schweigend durch die Gänge. Anesko hielt sein Tempo langsam genug, dass ich mithalten konnte. Der Schmerz in meinem Magen war immer noch da, aber er hatte so weit nachgelassen, dass er mehr eine Unannehmlichkeit als alles andere war.

Als wir die Treppe erreichten, die zu meinem Stockwerk führte, blieb Anesko stehen. Er drehte sich zu mir um und ich sah, dass die Härte in seinen Augen nachgelassen hatte.

»Ich weiß nicht, warum Simon und die Stadtwache es auf Sie abgesehen haben, aber ich kann nur vermuten, dass es etwas damit zu tun hat, wer Ihr Vater ist. Vielleicht denken sie, dass sie sich einen Namen machen, wenn sie Sie verprügeln.

Menschen sind dumm, wenn sie jung sind, und die heutigen Ereignisse bestätigen das nur für mich.«

Anesko seufzte und rieb sich mit den Fingerspitzen die Augen. Er schien gestresst zu sein. Es musste mehr los sein als nur meine Situation. Ich war involviert und nicht so angespannt wie er.

»Jemand hat in diesem Kampf Magie eingesetzt«, fügte er hinzu. »Es war auch ein mächtiger Zauber. Ich glaube nicht, dass die Wachen es waren. Sie sind nicht so ausgebildet wie die Schüler der Zitadelle. Magie gegen eine andere Person einzusetzen, ist illegal. Ich muss fragen. Haben Sie Magie gegen diese Wachen eingesetzt?«

»Nein«, antwortete ich. »Ich wusste nicht einmal, dass das, was passiert ist, das Ergebnis von Magie war. Ich war kaum bei Bewusstsein, als ich geblendet wurde.«

»Gut. Wissen Sie, wer den Zauber gewirkt hat?«

»Nein, Kurator. Ich habe niemanden außer den Wachen gesehen. Und Simon.« Die Erinnerung an Marens wütendes Gesicht blitzte vor meinem geistigen Auge auf. Wenn das real war, glaube ich, wusste ich, wer den Zauber gewirkt hatte, aber ich würde es niemandem erzählen.

Anesko runzelte die Stirn. »Wir müssen die Person finden, die es getan hat. Jemand mit so mächtiger Magie muss ausgebildet werden, sie richtig zu benutzen, sonst gefährdet er das Leben aller um ihn herum.«

Ich nickte, unsicher, was ich sagen sollte. Ich wollte einfach nur wieder schlafen gehen. Ich war mir sicher, dass der Kurat meine Erschöpfung sehen konnte.

»Hör mir zu, Eldwin. Hör gut zu. Die Prüfungen sind nicht einfach. Sie werden dich auf Arten herausfordern, von denen du nie geträumt hast. Es ist keine Kleinigkeit, die Prüfungen zu bestehen, aber wisse auch, dass das Bestehen der Prüfungen nur an der Oberfläche dessen kratzt, was es bedeutet, ein Dragoner zu sein. Hat dein Vater je über seine Zeit hier gesprochen?«

Ich schüttelte den Kopf. »Nein, Kurat.«

»Dafür gibt es einen guten Grund, glaub mir. Bevor die Prüfungen vorbei sind, wirst du dir wünschen, tot zu sein. Ich weiß, dass ich es tat.«

»Danke, dass Sie mich das wissen lassen«, sagte ich.

Anesko starrte mich an, seine Augen durchforschten meine Seele, auf der Suche nach Zögern oder Schwäche. Ich war entschlossen, die Prüfungen zu bestehen. Dragoner zu sein, war alles, was mir blieb. Wenn ich nicht bestehen und mich mit einem Drachen verbinden würde, hatte ich keine Ahnung, was ich tun oder wohin ich gehen sollte. Das Land, das mein Vater durch seine Taten verdient hatte, war tot wie meine Eltern. Dort wuchsen keine Pflanzen und Wasser war nicht vorhanden. Dies war alles, was ich hatte.

Der Kurat legte eine Hand auf meine Schulter. »Ruh dich aus«, sagte er. »Du wirst es brauchen.«

Und dann ging er. Ich stand einen Moment lang da und ließ seine Worte immer wieder durch meinen Kopf gehen. Langsam machte ich mich auf den Weg die Treppe hinauf. Jeder Muskel in meinem Körper schmerzte. Als ich oben ankam, war ich versucht, auf die Knie zu gehen und den Rest des Weges zu kriechen. Doch irgendwie hatte ich genug Kraft, um es in mein Zimmer und ins Bett zu schaffen. Ich schlief fast sofort ein.

Ich erwachte vom Klang der Zitadellenglocke und setzte mich schnell auf. Welche Glocke war es? Welcher *Tag* war es? Ich rollte aus dem Bett und war froh zu entdecken, dass ich mich abgesehen von einem dumpfen Schmerz im Bauch völlig ausgeruht fühlte. Am Fußende meines Bettes lag ein gefalteter Satz grauer Roben. Ich nahm an, dass ich sie tragen sollte, also zog ich sie über meine Kleidung und ging hinunter in die Speisehalle. Sie war leer bis auf ein paar Diener, die etwas putzten.

»Welche Glocke ist es?«, fragte ich einen von ihnen.

»Die fünfte«, antwortete der Mann.

Ich dankte ihm und rannte dann zum Tempel, in

der Hoffnung, nicht zu spät zu sein.

8

Ich stürmte in den Tempel.

Zu meiner Erleichterung saßen alle und schienen auf Meister Pevus zu warten. Ich schlüpfte leise in die letzte Bank. Niemand schien meine Verspätung zu bemerken, oder wenn doch, war es ihnen egal.

Ich entdeckte Maren, die in einer der mittleren Reihen saß. Ich dachte daran, wie ich ihr Gesicht während meines Anfalls gesehen hatte. In ihren Augen hatte so viel Wut gelegen. Jetzt daran zu denken, ließ mich erschaudern. War sie diejenige, die den mächtigen Zauber gewirkt hatte, den Kurat Anesko erwähnt hatte? Ich wusste es nicht.

Moment mal.

Ich dachte über die vielen seltsamen Äußerungen nach, die sie gemacht hatte. Dinge darüber, dass Leute ihr aus Eigennutz helfen wollten. Was, wenn sie eine Zauberin wäre? Dieser Gedanke ließ mich innehalten. Die einzige Zauberin, die ich je getroffen hatte, war eine alte Kräuterhexe, als ich acht war. Ich war schwer krank gewesen und meine Mutter hatte jedes Heilmittel ausprobiert, das ihr einfiel, aber nichts half.

In ihrer Verzweiflung hatte sie mich zu Yizell gebracht. Die alte Hexe sah uralt aus und bewegte sich langsam, aber sie war freundlich und bot einen Trank an, der meine Krankheit beendete. Da dies meine einzige Begegnung mit einer Magieanwenderin war, fiel es mir schwer, den Zorn zu begreifen, den eine von ihnen besitzen konnte. Und doch, wenn Maren den Zauber gewirkt hatte ... hatte sie es getan, um mich zu retten.

Meister Pevus schritt dann in den Raum, seine Roben flatterten um ihn herum. Er stellte sich auf das erhöhte Podium und räusperte sich. Ich kniff die Augen zusammen. Er sah aus, als wäre er um mehrere Jahre gealtert, seit ich ihn neulich Abend gesehen hatte.

»Achtung! Achtung, Schüler!«

Nachdem die vielen Stimmen verstummt waren, fuhr Meister Pevus fort.

»Heute beginnen wir mit Mitgefühl, der ersten von drei Prüfungen. Es wird jeweils nur ein Schüler geprüft. Daher werden wir Pausen für Mahlzeiten einlegen. Da dies eine so große Gruppe ist, hoffe ich, dass wir vor dem Ausgangsglockenläuten fertig sein werden, aber ich habe nicht die volle Kontrolle über die Prüfung.

»Die Magie des Tempels ist hier der wahre Meister und wird die Zeit bestimmen, die ihr in der Prüfung verbringen werdet. Ich glaube, die längste Zeit, die ein potenzieller Schüler je in der Prüfung verbracht hat, waren drei Stunden, aber das ist sicherlich nicht die Norm.«

Meister Pevus deutete auf eine Tür zu seiner Rechten.

»Diese Tür führt euch in die Kammer, in der ihr geprüft werdet. Die Kurate und ich werden die Prüfung beobachten, aber wir werden nicht eingreifen, es sei denn, es wird als Notfall erachtet.«

Jemand in der ersten Reihe hob die Hand.

»Ja?«

»Ist die Prüfung gefährlich?«, fragte die Person.

»Körperlich nein. Zumindest nicht, soweit ich es je erlebt habe. Geistig ist es jedoch eine andere Sache.« Meister Pevus hielt inne, als sei er unsicher, wie er es erläutern sollte. »Diese Prüfungen sind darauf ausgelegt, die tiefsten Teile von euch zu erforschen, jene, derer ihr euch vielleicht nicht einmal bewusst seid. Manchmal können die Geprüften vorübergehend ... beschädigt werden, um es mangels eines besseren Begriffs so auszudrücken. Aber es gibt keine bleibenden Auswirkungen.«

»Was passiert, wenn man die erste Prüfung nicht besteht?«, fragte jemand anderes.

Meister Pevus legte die Fingerspitzen aneinander und starrte einen Moment lang auf sie hinab, dann blickte er wieder auf.

»Wenn ihr die erste Prüfung nicht besteht, werden eure Erinnerungen an diesen Ort und das, was ihr hier getan habt, magisch gelöscht. Dies dient eurer Sicherheit sowie unserer. Wenn ihr die Mitgefühlsprüfung besteht, dann geht ihr weiter zur Magischen Eignung.«

Eine der Kuratinnen, ich kannte ihren Namen nicht, ging zu Meister Pevus und flüsterte ihm etwas zu. Er nickte und lächelte breit.

»Wir sind bereit, mit der Prüfung zu beginnen. Wir fangen bei der ersten Bank an und arbeiten uns nach hinten vor. Aus Respekt vor euren Mitschülern bitte ich euch, den Lärm auf ein Minimum zu beschränken.«

Meister Pevus zeigte auf die Person, die am Rand der ersten Bank saß.

»Würden Sie bitte zu mir nach vorne kommen?«

Ich erkannte die Person von meinem ersten Tag wieder. Er war in der Gruppe gewesen, mit der ich hineingegangen war, als uns der Propst die Zimmer zuwies. Ich kannte seinen Namen nicht, aber er war niederer Herkunft mit braunem Haar. Meister Pevus führte ihn zur Tür, wo einer der Kurate sie öffnete. Der Meister geleitete ihn hinein, dann schloss der Kurat die Tür.

Sowohl der Meister als auch der Kurat verließen den Raum durch eine andere Tür und der Rest von uns saß schweigend da. Ich hatte gehofft, es würde irgendein Geräusch oder etwas geben, das uns wissen ließ, dass die Prüfung begonnen hatte, aber ich war enttäuscht, als nichts geschah. Schließlich begannen die Leute, geflüsterte Gespräche zu führen.

Nach einer Viertelstunde kam Meister Pevus zurück in den Raum und rief die nächste Person auf. Und so ging es immer weiter, bis zum siebten Glockenschlag. Wir wurden zum Mittagessen entlassen und kehrten dann in den Tempel zurück. Der Prozess setzte sich fort. Ich fragte mich, wo die Geprüften die Kammer verließen, denn sie kamen nicht aus der Tür heraus, durch die sie hineingegangen waren. Ich würde es bald selbst herausfinden.

Als wir vom Mittagessen zurückkamen, waren alle in die vorderen Reihen gerückt und hatten die Plätze gewechselt. Ich blieb in der Nähe der hinteren Reihen. Ich hatte keine Angst vor der Prüfung, aber ich sprang auch nicht vor Aufregung. Dies war der erste Schritt, um zu beweisen, dass ich würdig war, ein Dragoner zu sein, und ich war nicht sicher, ob ich bereit war.

Maren setzte sich neben mich. Ich sah sie an und sie lächelte. Sie schien nicht anders zu sein. Vielleicht hatte ich mir ihr Gesicht nur eingebildet?

»Bist du nervös?«, fragte sie.

»Ein bisschen, denke ich. Und du?«

»Nö. Warum bist du nervös?«

Ich zuckte mit den Schultern. »Ich schätze, weil ich nirgendwo hingehen kann, wenn ich durchfalle.«

»Was ist mit dem Land deiner Familie? Und deiner Mutter?«

»Meine Mutter ist gestorben«, sagte ich leise. »Ein paar Wochen bevor ich hierherkam. Sie hatte die Schwindsucht.«

Maren runzelte die Stirn und legte ihre linke Hand auf meine rechte. Meine verstümmelte.

»Das tut mir leid«, sagte sie.

Ich konnte spüren, wie meine Augen feucht wurden, aber ich weigerte mich zu weinen. Ich blinzelte schnell.

»Was ist mit dem Land? Du darfst es doch durch Geburtsrecht behalten.«

»Ich weiß, aber das Land ist tot. Ernten wachsen nicht mehr, und alle Leute, die für meine Familie gearbeitet haben, sind gegangen, nachdem mein Vater in der Schlacht gefallen ist. Ich bin nur dem Namen nach adlig. Es gibt kein Geld, kein Essen, nichts. Die Zitadelle ist *alles*, was ich habe.«

Maren drückte meine Hand und auf eine unerklärliche Weise fühlte ich mich getröstet. Danach redeten wir nicht mehr viel. Und obwohl wir nur warteten, verging die Zeit schnell. Als unsere Bank die letzte war, wurde ich nervös. Meine Handflächen wurden schweißig und mein Herz begann schneller zu schlagen. Maren ließ meine Hand nicht los, bis sie an der Reihe war, die Kammer zu betreten.

»Wir sehen uns auf der anderen Seite«, sagte sie grinsend.

Ich beobachtete sie, bis sie in der Kammer verschwand, dann lehnte ich mich vor und blickte auf den Boden. Ich war nach ihr an der Reihe, und hinter mir waren noch zwei Personen. Ich überlegte, sie zu bitten, mit mir die Plätze zu tauschen, aber es gab keinen Grund, das Unvermeidliche hinauszuzögern. Ich hatte so viel Zeit damit verbracht, mich auf diesen Moment zu freuen, und jetzt, da er da war, konnte ich es kaum glauben. Ich trat in die Fußstapfen meines Vaters.

Ich schloss die Augen und atmete tief und gleichmäßig ein. Mein Geist musste klar sein, damit ich mich konzentrieren konnte. Ich verdrängte alles aus meinen Gedanken und dachte nur an den Drachen aus den Ställen. Es war zu dunkel gewesen, um seine Farbe zu erkennen, aber ich erinnerte mich an seine glühenden Augen und seine rasiermesserscharfen Zähne. Sich mit einer solchen Kreatur zu verbinden, ihre Stärken und Schwächen zu teilen, war schwer vorstellbar, aber ich wusste, dass es das war, was ich wollte.

Als Meister Pevus den Raum betrat und mich nach vorne rief, hatte ich meine Nerven beruhigt und war bereit für den Test. Er hatte ihn Mitgefühl genannt. Obwohl ich nicht wusste, wie der Test aussehen würde, wusste ich, was Mitgefühl war.

Meine Mutter war die einzige Person gewesen, die mich nicht anders angesehen hatte, nachdem meine Hand zerquetscht worden war. Sie hatte mir jeden Tag Mitgefühl gezeigt.

Ich ging nach vorne und folgte dem Meister zur Tür. Kurat Anesko öffnete die Tür und ich warf einen letzten Blick auf Meister Pevus. Seine Stirn war vor Sorge gerunzelt, aber er hatte den ganzen Tag so ausgesehen, also ließ ich mich davon nicht beunruhigen. Seine Augen waren von einem verblassten Blau, fast grau. Er lächelte mich an, und ich spürte Zuversicht in seinem Ausdruck. Ich nickte ihm zu und schaute dann Anesko an, als ich durch die Türöffnung ging.

Der Kurat nickte einmal. Ich verneigte meinen Kopf vor ihm und blickte dann nach vorn. Die Kammer sah aus wie jeder andere Raum der Zitadelle mit ihren glatten Steinwänden und -böden. Aber als sich die Tür hinter mir schloss, änderte sich alles.

9

Ich befand mich auf dem Markt von Autumnwick.

Die Zitadelle ragte hinter mir auf und ich fragte mich, ob die Magie der Prüfung mich tatsächlich hierher transportiert hatte. Alles fühlte sich auffallend real an, also musste es wohl so sein. Es ergab Sinn, wenn man bedachte, dass ich niemanden aus der Prüfungskammer hatte kommen sehen. Ich war mir nicht sicher, was ich tun sollte, also begann ich, den Markt zu erkunden.

Ein kleiner Junge stand neben einem der Verkaufsstände und beobachtete die vorbeigehenden Leute. Er war von niederer Herkunft, hatte schwarze Haare und konnte nicht älter als acht Jahre sein. Sein Gesicht war schmutzig und seine Kleidung in einem erbärmlichen Zustand. Als ich vorbeiging, rief er mir zu.

»Mister! Hast du ein paar Münzen übrig?«

Instinktiv griff ich nach meinem Geldbeutel, bevor ich mich erinnerte, dass ich kein Geld hatte. Ich tätschelte den Beutel trotzdem und schüttelte den Kopf in Richtung des Jungen.

»Tut mir leid, ich hab nichts.«

Die Augen des Jungen musterten mich, als könnte er erkennen, ob ich die Wahrheit sagte oder nicht. Er legte den Kopf schief und lächelte. Einige seiner Zähne fehlten.

»Macht nichts. Möge dein Glück sich wenden!«

»Deins auch«, erwiderte ich.

Ich setzte meinen Weg über den Markt fort und ging eine Reihe entlang, die ich am Vortag nicht gesehen hatte. An einem Stand etwa in der Mitte der Gasse standen zwei Personen. Sie führten eine hitzige Diskussion, und eine von ihnen gestikulierte wild mit den Armen. Ich überlegte, ob ich einen anderen Weg nehmen sollte, aber meine Neugier siegte und ich näherte mich ihnen langsam.

»Ich hab's zuerst gesehen«, sagte eine Frau.

»Mag sein, aber ich hab zuerst gefragt, ob ich's kaufen kann«, entgegnete die andere Frau.

Ich warf einen Blick auf den Verkäufer, der anscheinend zufrieden damit war, die Frauen ihren verbalen Schlagabtausch unter sich ausmachen zu lassen.

»Es ist das letzte, und ich brauche es.«

Ich spähte zwischen den Frauen hindurch und sah, dass sie sich um ein geschlachtetes Schwein stritten. Die Menge an Fleisch hätte eigentlich für zwei Familien reichen müssen. Ich hielt mich zurück, während ich ihrem Austausch lauschte, aber dann begann eine der Frauen, sich so zu verhalten, als würde sie gleich gewalttätig werden.

»Willst du nichts dazu sagen?«, fragte ich den Verkäufer. Er sah mich kurz an, wandte dann den Blick ab und ignorierte mich.

»Meine Damen«, unterbrach ich sie.

Zunächst nahmen sie keine Notiz von mir. Sie schrien sich weiter an und begannen sogar, sich gegenseitig zu beleidigen. Wenn nicht schnell jemand etwas unternahm, war ich sicher, dass die beiden aufeinander losgehen würden.

»Meine Damen«, wiederholte ich, diesmal lauter. Das erregte ihre Aufmerksamkeit.

»Was willst du, Bursche?« Es war diejenige, die gesagt hatte, sie hätte zuerst gefragt, ob sie das Schwein kaufen könne.

»Ist das nicht mehr als genug Fleisch für eine Familie?«

Die Frau blickte auf das Schwein, dann zurück zu mir. »Und?«

»Könntet ihr beiden nicht die Kosten teilen und dann das Fleisch halbieren, sodass ihr beide etwas davon habt?« Für mich schien das der gesunde Menschenverstand zu sein, aber der Blick auf dem Gesicht der Frau verriet, dass sie diese Idee noch gar nicht in Betracht gezogen hatte.

»Ich ... ich denke schon«, sagte sie, und ihr Ärger verflog schnell. Sie sah die andere Frau an und wirkte verlegen. »Das klingt nach einer guten Idee für mich. Was meinst du?«

»Ja, die Idee gefällt mir auch.«

Die erste Frau wandte sich an den Verkäufer und bat ihn, das Fleisch zu schneiden und gleichmäßig aufzuteilen. Der Verkäufer schien enttäuscht darüber zu sein, dass die Situation entschärft worden war, kam ihrer Bitte aber trotzdem nach.

Zufrieden damit, geholfen zu haben, wollte ich gerade weitergehen, als die erste Frau ihre Hand auf meine Schulter legte. Ich drehte mich um und sie hielt mir eine Silbermünze hin.

»Bitte, nimm das«, sagte sie. »Als Zeichen meiner Wertschätzung.«

»Das kann ich nicht annehmen«, sagte ich.

Die Frau drückte mir die Münze in die Hand und ignorierte meinen schwachen Protest. Ich schloss meine Finger um die Münze und die Frau schenkte mir ein Lächeln und ein kurzes Nicken, bevor sie sich umdrehte, um dem Verkäufer beim Halbieren des Schweins zuzusehen.

Ich hielt die Münze hoch. Sie glitzerte im Sonnenlicht und schien frisch geprägt zu sein. Die Inschriften auf der Oberfläche der Münze waren mir nicht vertraut. Tatsächlich war ich mir sicher, dass die Münze nicht einmal aus unserem Königreich stammte. Das bedeutete aber nicht, dass sie wertlos war, also steckte ich sie in meinen Geldbeutel und ging den Rest der Reihe entlang.

Es gab nichts, was mein Interesse weckte, also kehrte ich zum vorderen Teil des Marktes zurück, wo ich begonnen hatte. Ich fand, dass dies keine besonders große Prüfung war, zumal ich nicht wusste, was ich eigentlich tun sollte. Der Junge, der um Münzen bettelte, war immer noch an derselben Stelle. Er sah mich an und winkte. Und dann kam mir eine Idee.

Mitgefühl.

Was, wenn es meine Aufgabe gewesen war, die Münze von der Frau zu bekommen, nur um sie dem Kind zu geben? Ich ging zu dem Jungen hinüber, kniete mich vor ihn hin, holte dann die Münze aus meinem Beutel und hielt sie ihm hin.

»Hier«, sagte ich. »Du brauchst das mehr als ich.«

Der Junge grinste, seine Augen glitzerten schelmisch.

»Ich sehe, dein Glück hat sich schnell gewendet!«, sagte er.

»Tatsächlich.«

»Ich brauche deine Münze nicht«, sagte der Junge.

»Oh. Na ja, ich dachte, weil du mich vorhin gefragt hast ...«

Der Junge schüttelte den Kopf, bevor ich zu Ende sprechen konnte. Er schob meine Hand sanft weg, als plötzlich ein Beben den Boden erschütterte. Die Vibrationen ließen meine Knie zittern und ich sah mich auf dem Markt um, um zu sehen, ob jemand anderes die Störung bemerkt hatte.

Es ging zu wie immer. Als ich den Jungen wieder ansah, hatte sich sein Gesichtsausdruck verdüstert. Er trat näher an mich heran und flüsterte harsch: »Er kommt!«

»Wer denn?«, fragte ich.

Der Junge wurde ängstlich und sah sich hektisch um. Es machte mich unruhig und auch ich blickte umher. Ich sah nichts Ungewöhnliches. Die Leute kauften ein und unterhielten sich wie normal, also war ich verwirrt von der Angst des Jungen.

»Wer kommt denn?«, wiederholte ich.

Die kleinen Hände des Jungen packten mein Hemd und er starrte mir in die Augen.

»Der falsche König kommt«, flüsterte er harsch.

»Wer ist das?«

Dunkle Wolken begannen am Himmel aufzuziehen und Donner grollte in der Ferne. Der Sturm braute sich schnell zusammen, viel schneller als es normal schien. Innerhalb von Augenblicken war die Sonne verdeckt und Blitze zuckten zwischen den Wolken.

Noch seltsamer war, dass die Augen des Jungen mit einem stumpfen blauen Licht leuchteten. Ich fiel rückwärts und krabbelte auf Händen und Füßen weg. Der Junge wandte sich den Sturmwolken zu und hob seine Hände. Flammen flackerten an seinen Fingerspitzen auf und warfen tanzende Schatten um ihn herum.

Die Sturmwolken wurden dicker und dunkler und saugten alles Licht in ihre schwarze Leere. Die Menschen, die auf dem Markt gewesen waren, waren verschwunden. Mir wurde klar, dass auch die Gebäude und Zelte weg waren. Der Markt war einfach verschwunden. Es waren nur noch der Junge und ich.

Und die Gestalt im Sturm.

Eine einsame Form löste sich aus der Dunkelheit und schritt zielstrebig auf den Jungen zu. Die Flammen an den Fingern des Jungen bogen sich hoch und bildeten ein feuriges Muster in der Luft, das die Gestalt daran hinderte, näher zu kommen.

Selbst in der zunehmenden Dunkelheit leuchtete die Magie des Jungen hell und verteidigte uns vor den Schatten. Die Gestalt kämpfte darum, den magischen Schild zu durchbrechen, aber er war zu stark. Ich hatte keine Ahnung, was hier vor sich ging. War das Teil des Tests? Was hatte all das mit Mitgefühl zu tun?

»Ich befehle dir zu gehen!«, schrie der Junge die Gestalt an. »Du bist hier nicht willkommen!«

»Du kannst mich nicht für immer aufhalten«, sprach die Gestalt endlich. Ihre Stimme ließ mich erschaudern. Es war, als würden Spinnen über meine Haut krabbeln. Eine Welle der Panik überkam mich, als ich sah, wie die magische Barriere vor der Dunkelheit erzitterte und nachgab.

Der Junge schrie, und dann war da nichts als Dunkelheit.

Ich schloss meine Augen und bereitete mich auf meinen unvermeidlichen Tod vor. Und dann hörte ich eine vertraute Stimme.

»Eldwin.«

Ich blickte auf und sah Meister Pevus und Kurat Anesko in einem Türrahmen stehen, der mit der Steinwand der Prüfungskammer verschmolz.

»Ist es vorbei?«, fragte ich. »Ist der Test beendet?«

»Es ist vorbei«, sagte Meister Pevus. »Komm.«

Es war endlich vorüber. Der seltsame Junge, die Magie, die dunkle Gestalt, die das Licht ausgelöscht hatte. Mein Herz hämmerte immer noch heftig in meiner Brust. Die kalten Steine des Bodens waren tröstlich und ich blieb noch einen langen Moment dort, bevor ich mich erhob. Es hatte alles so real gewirkt und ich war mir sicher gewesen, dass ich wirklich auf dem Markt war, aber nein. Ich war die ganze Zeit in der Kammer gewesen. Das brachte etwas Erleichterung in meine Unruhe. Es war alles nur Teil des Tests gewesen.

Kurat Anesko führte uns durch einen Flur, der sich wie eine Mondsichel krümmte.

»Meister?«, sagte ich.

»Ja?«

»In dem Test gab es einen-«

»Schweig!«, rief Meister Pevus. »Ich habe euch allen gesagt, dass das, was im Test geschieht, nur für den Getesteten bestimmt ist.«

»Ja, aber-«

»Nein«, unterbrach er mich erneut, diesmal in einem sanfteren Ton. »Was du gesehen hast, war nur für dich bestimmt.«

Ich versuchte gar nicht erst, noch einmal zu fragen. Für den Rest des Weges ließ ich den Test in meinem Kopf immer wieder ablaufen. So vieles ergab für mich keinen Sinn, aber vielleicht sollte es das auch gar nicht. Kurat Anesko öffnete eine Tür am Ende des Flurs auf der linken Seite und deutete mir, einzutreten. Ich ging hinein und sah all die Schüler, die bereits getestet worden waren. Ich entdeckte Maren und ging zu der Stelle, wo sie saß.

»Das war wild, oder?«, sagte sie.

Ich nickte.

»Alles in Ordnung bei dir?«

»Ja«, antwortete ich leise, immer noch von meinen Gedanken belastet. Ich erinnerte mich an die Münze und griff in meinen Beutel. Kaltes Metall berührte meine Hand und ich packte es und zog es heraus.

Die Münze war echt.

10

»Götter«, hauchte ich.

»Was?«, fragte Maren. »Was ist das?«

»Es ist von meinem Te-« Ich unterbrach mich und sah mich im Raum um, um sicherzugehen, dass mich niemand gehört hatte. Ich senkte meine Stimme und beugte mich näher zu ihr.

»Es ist von meinem Test«, sagte ich. »Eine Frau hat es mir gegeben. Der Test war nicht echt, also wie konnte diese Münze mit mir zurückkommen?«

»Wer bricht denn jetzt die Regeln?«, betrachtete mich Maren mit einem Grinsen, aber als sie meinen Ernst sah, wurde sie still und legte ihre Hand neben mein Ohr und flüsterte: »Was weißt du über Magie?«

»Fast nichts«, antwortete ich.

»Triff mich heute Nacht nach der Sperrstunde und ich werde einiges mit dir teilen.«

Ich hätte mit ihr über das Einhalten der Regeln diskutiert. Jetzt war ich zu neugierig, um Einwände zu erheben. Ich nickte ihr zu und wandte dann meine Aufmerksamkeit nach vorne, als Meister Pevus und die Kuratoren eintraten. Die vielen Gespräche verstummten abrupt.

»Danke«, sagte der Meister. »Aufgrund unvorhergesehener Umstände werden die letzten

Anwärter ihren Test nicht in der Kammer ablegen können. Um uns an die Regeln zu halten, werden sie von den Kuratoren in einer Reihe von Übungen geprüft, die wir in der Vergangenheit angewandt haben, bevor die Kammer gebaut wurde.«

Meister Pevus machte eine kurze Pause und ich fragte mich, ob das, was in meinem Test passiert war, etwas mit dieser plötzlichen Wendung der Ereignisse zu tun hatte.

»Diejenigen von euch, die die Prüfung bereits abgelegt haben, können zum Abendessen gehen. Denkt daran, dass ihr die Einzelheiten eurer Prüfungen nicht mit den anderen Anwärtern besprechen dürft. Wenn ihr keine Fragen an mich oder die Kuratoren habt, seid ihr entlassen.«

Alle standen auf und begannen, den Raum zu verlassen. Maren und ich folgten den anderen aus der Kammer und machten uns auf den Weg zum Speisesaal. Die Gespräche waren gedämpft und alle schienen müde oder abgelenkt zu sein. Der Meister hatte nicht übertrieben, als er sagte, der Test würde einen auf Arten herausfordern, die man nicht für möglich gehalten hätte.

Ich aß kaum etwas und schob das Essen auf meinem Teller öfter herum, als ich zählen konnte. Es waren noch ein paar Stunden bis zur Sperrstunde, also nutzte ich die Zeit und ging zur Krankenstation, um nach Simon zu sehen. Bei dem Chaos des Tages hatte ich nicht viel Zeit gehabt, an ihn zu denken, und ich fühlte mich schuldig.

Die Heilerin, die mir geholfen hatte, war da und wechselte gerade Simons Verbände, als ich ankam. Sie warf mir einen Blick zu, als ich eintrat, sagte aber nichts. Nachdem sie fertig war, trug sie die schmutzigen Verbände weg und ich stellte mich neben Simons Bett. Die frischen Verbände waren bereits mit Blut befleckt. Ich runzelte die Stirn und sah in Simons Gesicht. Seine Augen waren geschlossen, aber sie flatterten leicht.

»Ich weiß nicht, ob du mich hören kannst«, sagte ich leise, »aber ich möchte dir dafür danken, dass du mein Leben gerettet hast. Ich weiß, du warst der Grund, warum ich überhaupt in diese Situation geraten bin, aber du hättest mich auch sterben lassen können. Ich weiß, ich wurde nicht in den Adel hineingeboren wie du, aber ich denke, jedes Leben ist wertvoll, unabhängig vom sozialen Status. Ich hoffe, du überlebst diese Verletzung und ...« Und was? Ich hatte das Gefühl, dass ich anfing zu schwafeln.

»Und, äh, vielleicht werden wir, wenn du geheilt bist, Freunde oder so. Nochmals danke, Simon.«

Ich drehte mich um und verließ die Krankenstation, dann ging ich zurück in mein Zimmer, um mich auszuruhen. Angesichts der Tatsache, dass ich in der Nacht zuvor nicht geschlafen hatte und der Tag voller Stress gewesen war, war ich überrascht, dass ich nicht vor lauter Erschöpfung zusammengebrochen war. Ich zog meine Stiefel aus und ließ mich ins Bett fallen. Das Nächste, was ich wusste, war, dass Maren sanft an meiner Schulter rüttelte.

»Wach auf«, flüsterte sie.

Nach dem Mangel an Licht im Raum zu urteilen, vermutete ich, dass es spät war. Ich setzte mich auf und rieb mir den Schlaf aus den Augen.

»Tut mir leid«, murmelte ich. »Ich sollte mich mit dir treffen.«

»Mach dir keine Sorgen«, erwiderte Maren. »Wir können hier reden, da dein Zimmergenosse in der Krankenstation ist.«

»Sicher«, sagte ich. Ich räusperte mich und schob mich zurück gegen das Kopfende.

»Kann ich die Münze nochmal sehen?«

Ich holte sie aus meinem Geldbeutel und reichte sie ihr. Maren hielt sie einen langen Moment dicht vor ihr Gesicht, nickte dann und gab sie zurück.

»Du hast mir gesagt, dass du nicht viel über Magie weißt«, sagte sie. »Zauberer sind von Natur aus verschwiegen, also wissen die meisten Menschen nichts über das, was sie tun.«

Ich war jetzt hellwach und meine früheren Vermutungen, dass Maren etwas verbarg, standen im Vordergrund meines Bewusstseins. Bevor ich mich stoppen konnte, platzte es aus mir heraus: »Du verbirgst etwas.«

»Was meinst du?«, fragte sie. Ihr Gesichtsausdruck war makellos, aber der Ton in ihrer Stimme verriet mir, dass ich nicht falsch lag.

»Du verbirgst etwas«, wiederholte ich. »Ich glaube, ich weiß, was es ist. Du musst dir keine Sorgen machen; ich werde dein Geheimnis nicht verraten.«

Sie starrte mich schweigend an und kaute nervös auf ihrer Unterlippe. »Ja, ich habe ein Geheimnis«, sagte sie. »Ich bin-«

»Eine Zauberin?«, unterbrach ich. »Das dachte ich mir. Du warst in der Gasse, als Jon und seine Wachen mich angriffen, nicht wahr?«

Maren seufzte schwer und schien erleichtert. »Ja, ich war da.«

»Kurator Anesko sagte, sie suchen nach demjenigen, der diesen Zauber gewirkt hat. Er sagte, er sei mächtig gewesen.«

»Es war nicht meine beste Arbeit«, gab sie zu. »Ich weiß nicht, was über mich gekommen ist. Ich sah dich in Gefahr und ... handelte einfach. Es tut mir leid, dass ich dich fast getötet habe.«

Ich schluckte hart und versuchte so zu tun, als wäre es keine große Sache, aber ich hatte gerade eine gesunde Angst vor ihr entwickelt. »Danke für das, was du getan hast.« Ich hielt die Münze hoch. »Jetzt erzähl mir davon. Wie konnte sie mit mir aus dem Test kommen?«

»Ich werde es versuchen«, antwortete Maren. »Magie ist wie der Wind. Du kannst sie nicht sehen, aber du kannst sie spüren. Du weißt, wann sie da ist. Und wie der Wind wählt sie ihren eigenen Weg. Warum hat dir die Magie der Kammer diese Münze gegeben? Ich weiß es nicht. Das bedeutet aber nicht, dass es keinen Zweck gibt. Auch wenn die meisten Menschen nicht viel über Magie wissen, steckt sie in uns allen. Nicht jeder kann sie benutzen, aber bei manchen Menschen muss sie nur geweckt werden.«

»Wie finde ich heraus, was der Zweck der Münze ist?«, fragte ich und versuchte immer noch, ihre Erklärung zu verstehen.

»Das musst du selbst herausfinden. Wie der Meister über die Tests sagte, ist es für jeden anders. Apropos, wie war dein Test? Du sagtest, eine Frau hätte dir diese Münze gegeben?«

Ich warf einen Blick zur offenen Tür, plötzlich besorgt, dass jemand unserem Gespräch zuhören könnte. Maren folgte meinem Blick und sah dann zurück zu mir.

»Hast du etwas gehört?«, fragte sie.

»Nein«, antwortete ich. »Ich bin wohl einfach nervös. Mein Test schien zunächst ziemlich normal zu sein, aber dann wurde er seltsam.«

»Seltsam?«, Marens Augenbraue hob sich. »Was meinst du damit?«

»Ein Sturm kam auf und eine Gestalt aus Schatten trat aus den Wolken. Sie lieferte sich einen magischen Kampf mit einem kleinen Jungen.«

»Das *ist* seltsam«, sagte Maren. »Erinnerst du dich an noch etwas?«

»Ja. Der Junge war jung und schien vor etwas Angst zu haben. Er sagte, jemand würde kommen.«

»Wer?«

Ich versuchte mich zu erinnern, was der Junge gesagt hatte. War es etwas über einen König? Ich zerbrach mir den Kopf darüber. »Ich kann mich nicht genau erinnern. Irgendein König, glaube ich.«

»Ein König kommt?«, fragte Maren. »Aber wir haben doch einen König. Das ergibt keinen Sinn.«

»Sag ich ja. Nichts von dem, was der Junge sagte, schien für mich einen Sinn zu ergeben. Er hatte aber Angst vor wem auch immer es war. Und dann versuchte er, die Gestalt mit einem Zauber fernzuhalten, der eine Mauer oder so etwas erschuf.«

»Das kommt mir irgendwie bekannt vor«, sagte Maren.

»Tut es das?«

»Ja.« Sie nickte. »Ich habe in meinen Geschichtsbüchern etwas darüber gehört.«

Ich schloss die Augen und versuchte, mich an die Reihenfolge der Ereignisse in der Prüfung zu erinnern. *Die Frau gab mir die Münze. Ich versuchte, sie dem Jungen zu geben. Der Sturm kam. Der Junge sagte 'er kommt.'* Meine Augen öffneten sich schlagartig.

»Jetzt erinnere ich mich. Er sagte 'der Falsche König kommt.'«

Der Blick auf Marens Gesicht ließ mir die Haare zu Berge stehen. Es war fast, als würde sie hinter mir einen Geist sehen. Ich fuhr mit den Händen über meine Arme, drückte die Haare nach unten und versuchte, das seltsame Gefühl der Beklemmung in meinem Magen zu ignorieren.

»Was?«

»Weißt du denn nicht, wer der Falsche König ist?«, fragte Maren.

»Ich glaube nicht?«

»Wie kannst du das nicht wissen, Eldwin? Die Schlacht, in der dein Vater starb, war gegen den Falschen König.«

Ich hatte den Namen ehrlich gesagt noch nie zuvor gehört, aber plötzlich zu wissen, dass er der Grund für den Tod meines Vaters war, ließ mich ihn hassen, und ich wusste nicht einmal, wer er war.

»Wer ist der Falsche König?«, fragte ich.

11

Maren starrte mich ungläubig an.

»Du kennst die Geschichte wirklich nicht?« Sie seufzte und schüttelte den Kopf. »Es ist eine lange Geschichte, aber ich werde sie dir nicht erzählen. Kannst du lesen?«

»Ja«, sagte ich.

»Gut. Du solltest in die Bibliothek gehen und die Bücher über ihn finden und selbst herausfinden, wer er ist.«

Offensichtlich hätte ich es vorgezogen, wenn sie es mir einfach erzählt hätte, aber da ich bereits gelernt hatte, wie stur sie sein konnte, gab ich nach.

»Das ist eine gute Idee«, sagte ich.

»Die habe ich ausschließlich«, sagte Maren mit einem Grinsen.

Ich verdrehte die Augen. »Du sahst besorgt aus, als ich diesen König erwähnte«, sagte ich.

»Wenn du mehr über ihn erfährst, wirst du verstehen warum. Wenn die Kammer dich vor seiner Rückkehr gewarnt hat, solltest du es dem Meister sagen.«

»Das habe ich versucht«, sagte ich. »Aber er ließ mich nichts über meinen Test sagen.«

Maren runzelte die Stirn. »Hier geht etwas vor, aber ich bin mir nicht sicher, was es sein könnte. Wirkte Meister Pevus nicht den ganzen Tag über gestresst?«

»Ja«, antwortete ich. »Aber ich denke, das liegt daran, dass er sich mit den Prüfungen befasst hat.«

»Möglich, aber wir müssen es genau herausfinden.«

»Wir? *Wir* müssen gar nichts tun, Maren. Du musst aufhören, die Regeln zu brechen, sonst wirst du von der Schule geworfen.«

Sie sprach weiter, als hätte ich nichts gesagt. »Meister Pevus und die Kuratoren halten jeden Morgen früh, vor dem ersten Glockenschlag, eine Besprechung ab. Ich kenne einen Ort, wo wir versteckt sein, aber alles hören können.«

»Maren, ich habe dir gesagt-«

»Ja, ja. Du willst nicht rausgeworfen werden, ich hab's kapiert. Dann gehe ich eben alleine.«

Ich wusste, dass ich sie das nicht tun lassen konnte, aber ich hatte Angst, erwischt zu werden. Und ich wollte auf keinen Fall, dass jemand sie bei Kurator Anesko meldet. Ich seufzte schwer. »Wo ist dieser versteckte Ort?«

Einige Stunden später, noch bevor die Sonne aufgegangen war, standen Maren und ich vor einer Steinmauer neben dem Ratssaal der Schule. Sie tastete langsam die Steine ab, aber ich wusste nicht warum. Gerade als ich den Mund öffnen wollte, um mich zu beschweren, richtete sie sich auf und sagte: »Da!«

Es gab ein kratzendes Geräusch, dann zog sich ein Teil der Wand zurück und glitt zur Seite. Es war ein kleiner Raum, gerade groß genug für etwa fünf oder sechs Personen. Maren schob mich hinein und die Wand glitt hinter uns wieder an ihren Platz zurück.

»Was ist das für ein Ort?« fragte ich.

Maren legte ihre Hand auf meinen Mund. »Psst! Du musst hier leise sein, sonst hören sie dich«, flüsterte sie wütend.

»Tut mir leid«, formte ich mit den Lippen.

»Sie reden schon«, sagte sie. Maren kniete sich hin und bedeutete mir, dasselbe zu tun. Ich gehorchte und setzte mich neben sie auf den Boden. Sie zeigte auf die Wand und lehnte sich näher heran. Ich wusste nicht, was sie tat, aber ich ahmte sie nach. Zu meiner Überraschung konnte ich durch einen Teil der Wand in den Ratssaal sehen.

»Ich habe es auch gesehen«, sagte Kurator Anesko.

»Wir haben es alle gesehen«, erwiderte Meister Pevus. Er sah noch mitgenommener aus als zuvor, wenn das überhaupt möglich war.

»Ja, aber was bedeutet es?« fragte eine andere Kuratorin. Ich war mir ziemlich sicher, dass ihr Name Josephine war.

»Ich bin mir nicht sicher«, sagte der Meister. »Die Magie hat uns gewarnt, aber ich sehe nicht, wie der Falsche König noch am Leben sein könnte. Er und Matthias fielen in der Schlacht. Ich war dabei.«

»Sie sprechen über deinen Test«, murmelte Maren. Das dachte ich auch.

»Vielleicht würde es uns beruhigen, wenn wir einen oder zwei Kundschafter schicken würden, um die Lage zu überprüfen?« schlug Anesko vor.

»Das ist eine gute Idee«, sagte Meister Pevus. »Schickt zwei Dragoner, die Blaue reiten. Ihre Geschwindigkeit wird sie innerhalb weniger Tage hin und zurück bringen.«

»Hoffen wir, dass wir nur Monster in der Dunkelheit sehen, die in Wirklichkeit gar nicht da sind«, sagte Josephine.

»Ja, lasst uns das hoffen.«

Es herrschte einen Moment Stille, dann wechselte Meister Pevus das Thema. »Was ist mit den manuellen Tests? Wie sind die verlaufen?«

»Sehr gut, wenn man bedenkt, dass wir sie zu meinen Lebzeiten noch nie durchgeführt haben«, antwortete Anesko. »Laut den Unterlagen haben beide bestanden.«

»Das sind gute Nachrichten. Sind wir uns alle einig, wer basierend auf den Kammertests bestanden hat und wer durchgefallen ist?«

Die Kuratoren sprachen alle auf einmal, aber der Konsens schien Zustimmung zu sein. Ich fragte mich, wer durchgefallen war. War ich einer von ihnen? Mein Magen verkrampfte sich vor Angst.

»Es gibt noch eine letzte Angelegenheit zu besprechen, bevor wir uns entlassen.« Der Meister lehnte sich in seinem Stuhl zurück und rieb sich die Augen, während er ein Gähnen unterdrückte. »Das Mädchen.«

Der Raum wurde still. Ich sah zu Maren, aber sie hielt ihre Augen auf Meister Pevus gerichtet.

»Ihre Identität ist den anderen unbekannt«, sagte Anesko. »Ich habe den ganzen Tag die Gespräche belauscht. Niemand spricht über sie.«

»Es wird früher oder später herauskommen«, sagte der Meister. »Darum mache ich mir keine Sorgen, aber ich bin besorgt um ihre Sicherheit. Wenn ihr etwas zustößt ...« Er ließ die Worte in der Luft hängen. Die Kuratoren sahen einander an, aber niemand sprach.

»Sie kannte die Risiken, als sie hierherkam«, sagte Anesko. »Die Macht, die sie hat, ändert daran nichts. Und es ändert auch nichts daran, wie sie geprüft wird.«

»Ich stimme zu«, sagte Meister Pevus. »Ihr Vater ist derjenige, der am problematischsten ist, wenn etwas schief geht. Nach den Berichten, die ich erhalten habe, weiß er nicht einmal, dass sie weg ist.«

»Dann täuschen wir Unwissenheit vor, falls er herausfindet, dass sie vermisst wird und dass sie hier ist«, sagte Anesko. »Politik hat hier keinen Platz.«

Der Meister lachte. »Du hast noch viel zu lernen, wenn du das glaubst.«

Anesko verschränkte die Arme. »Unsere Aufgabe ist es, Drachenreiter auszubilden. Solange wir das tun, sehe ich nicht, woran ihr Vater Anstoß nehmen könnte.«

»Ich widerspreche dem nicht«, erwiderte Meister Pevus. »Unabhängig davon müssen wir alle ihrer Anwesenheit hier zustimmen.«

»Ich sehe nichts Falsches daran«, sagte Josephine.

»Ich auch nicht«, fügte Anesko hinzu.

Die anderen Kuratoren stimmten zu und Meister Pevus stand auf.

»Es ist also entschieden. Sie bleibt und wird die Prüfungen wie jeder andere Anwärter ablegen. Wenn ihr Vater zum Problem wird, werde ich mich darum kümmern.«

Der letzte Teil klang nicht bedrohlich, sondern eher wie eine Feststellung. Ich war mir nicht sicher, über wen sie sprachen. Mein erster Gedanke war

Maren, aber das Einzige, was sie von allen anderen unterschied, war, dass sie eine Zauberin war. Vielleicht war ihr Vater auch ein Zauberer, ein mächtiger noch dazu, und sie fürchteten seinen Zorn, wenn er herausfände, dass sie ohne Erlaubnis hier war?

»Der Rat ist entlassen«, sagte Meister Pevus.

Maren und ich warteten, bis der Raum leer war und wir niemanden mehr im Flur hörten, bevor wir die verborgene Kammer verließen.

»Über wen, glaubst du, haben sie gesprochen?«, fragte ich.

»Wir haben nichts erfahren, was wir nicht schon wussten«, schnaubte Maren enttäuscht. »Vielleicht bringen ihre Kundschafter Neuigkeiten, die die Rückkehr des Falschen Königs bestätigen.«

»Nach allem, was ich bisher gehört habe, hoffe ich, dass er nicht zurück ist.«

»Da würden dir wohl alle zustimmen«, erwiderte Maren.

Wir trennten uns am Ende des Flurs, und ich machte mich auf den Weg zurück zu meinem Zimmer. Es war noch früh, und die erste Glocke hatte noch nicht geläutet, also begegnete ich niemandem auf meinem Weg. Es passierte schon so viel, und ich war erst seit ein paar Tagen an der Schule. Es schien, als würden sich mit jedem Moment neue Rätsel auftun, und es gab mehr Fragen als Antworten.

Ich erreichte mein Zimmer und lief auf und ab, während ich die Ratssitzung in meinem Kopf Revue passieren ließ. Die Magie der Prüfungskammer hatte zu mir gesprochen, das war klar. Und sie hatte mir die Münze gegeben. Ich holte sie hervor und hielt sie hoch, starrte auf ihre Gravur. Maren hatte gesagt, dass Magie wie der Wind sei und niemand ihren Lauf kenne, also wie sollte ich wissen, wofür die Münze gut war?

»Was ist dein Geheimnis?«, flüsterte ich. Die Münze blieb stumm, wie erwartet. Hätte sie geantwortet, hätte ich wahrscheinlich die ganze Schule mit meinem Schreien geweckt. Ich steckte die Münze zurück in meinen Beutel und zog meine Roben an. Ich gähnte und überlegte, wie durcheinander mein Schlafrhythmus geworden war. Hoffentlich würde er bald wieder normal werden.

Ich musste Zeit finden, um in die Bibliothek zu gehen und etwas über den Falschen König zu lesen. Maren hatte mir fast keine Informationen gegeben, und meine Neugier stieg wie eine Welle. So ungeduldig ich auch war, die Zeit verging schnell, und die erste Glocke läutete, um das Aufstehen anzukündigen. Ich gesellte mich zu meinen Mitschülern am Fuß der Treppe, und wir fanden Kurator Anesko, der auf uns wartete.

»Guten Morgen«, begrüßte er uns.

»Guten Morgen, Kurator«, antworteten wir im Chor.

»Die diesjährigen Anwärter haben einen leichten Anfang. Der Meister hat heute einen freien Tag erklärt, aber werdet nicht nachlässig. Morgen gehen die Prüfungen weiter, und es wird eine interessante Zeit. Denkt an die Regeln, denen ihr zugestimmt habt, und bleibt den Drachenställen fern.«

Der Kurator ging, und die anderen Anwärter verteilten sich in der Zitadelle. Es war Zeit, herauszufinden, wer der Falsche König war.

12

Die Bibliothek befand sich am nördlichen Ende der Zitadelle. Maren hatte mir beim Frühstück den Weg erklärt, und ich verirrte mich nur zweimal, bevor ich die hölzernen Türen erreichte, die den Eingang markierten.

Ich trat ein und war überrascht, wie makellos der Ort war. Hunderte, wenn nicht Tausende von Bücherregalen standen in ordentlichen Reihen. In der Nähe der Fenster gab es mehrere Tische und Stühle, durch deren Glasscheiben natürliches Licht einfiel. An einigen Tischen saßen Studenten mit aufgeschlagenen dicken Wälzern vor sich. Das Auffälligste an der Bibliothek war die Stille.

Eine Frau in einer Robe saß hinter einem großen Schreibtisch. Sie blätterte langsam in einem Buch, als ich herantrat. Sie hielt inne und blickte zu mir auf. Ich erinnerte mich an sie von meinem ersten Tag.

»Surrel«, sagte ich und lächelte sie an.

»Sohn des Matthias«, erwiderte sie. »Wie gefällt dir die Schule bisher?«

»Es ist anders als das, was ich gewohnt bin, aber auf eine gute Art.«

»Das freut mich zu hören. Ich bin seit fast einem Jahr Studentin, und ich kann nicht behaupten, dass ich bisher eine schlechte Erfahrung gemacht hätte. Wie läuft es mit deinen Prüfungen?«

»Ich bin mir nicht sicher«, gab ich zu. »Ich glaube, ich habe bei Mitgefühl gut abgeschnitten, aber wir haben unsere Ergebnisse noch nicht erhalten.«

»Keine Nachrichten sind gute Nachrichten, wie man so schön sagt«, meinte Surrel. »Normalerweise finden die Prüfungen an drei aufeinanderfolgenden Tagen statt. Ich habe gehört, dass es einige Komplikationen gab und die Prüfungen verschoben wurden?«

Ich nickte. »Ja, unsere nächste Prüfung ist morgen.«

»Na dann, ich wünsche dir viel Glück. Warst du schon in der Bibliothek?«

»Nein«, sagte ich.

»Ich denke, sie wird dir gefallen. Wir haben die größte Büchersammlung im ganzen Königreich«, sagte Surrel stolz. »Wenn du Bücher zu einem bestimmten Thema suchst, kannst du im Index nach den Standorten suchen. Hier, lass es mich dir zeigen.«

Surrel stand auf und ging um den Schreibtisch herum. Ich folgte ihr zu einem Schrank mit Hunderten kleiner Schubladen. Jede Schublade war mit einem Metallschild beschriftet, auf dem Buchstaben eingraviert waren.

»Alles ist alphabetisch geordnet. Wenn du also ein Buch über Katzen suchst, öffnest du die Schublade mit 'KA' darauf. Dann blätterst du durch die Pergamente, bis du das gesuchte Wort findest. Nimm es nicht aus der Reihenfolge heraus. Wenn du das tust, bekommt der Bibliothekar einen Anfall.«

Um zu zeigen, was sie meinte, fand Surrel das Pergament mit der Aufschrift 'Katze' und hob es an, ohne es jedoch ganz aus der Schublade zu nehmen.

»Auf dem Pergament stehen die Standorte aller Bücher zu diesem Thema.« Sie zeigte auf die Schrift. »R Sechs-C Drei-S Zwei ist der Standort eines Buches.«

»Soll ich mir das merken, da ich das Pergament nicht mitnehmen kann?«

Surrel kicherte. »Nein, natürlich nicht. Wir haben leere Pergamente, Federkiele und Tintenfässer zur Verfügung. Du schreibst dir einfach die Standorte auf und nimmst dann dein Pergament mit, um die Bücher zu finden.«

»Darf ich Bücher aus dem Regal nehmen?«, fragte ich.

»Ja, solange sie nicht an das Regal gekettet sind. Wenn sie angekettet sind, musst du das Buch dort lesen. Angekettete Bücher sind zu wertvoll, um entfernt zu werden.«

»Muss ich die Bücher zurückstellen, wenn ich fertig bin?«

»Wir ziehen es vor, wenn du das nicht tust«, sagte Surrel. »Lass die Bücher einfach auf dem Tisch liegen, wenn du fertig bist, und wir stellen sicher, dass sie an ihren richtigen Platz zurückkommen.« Surrel blickte an mir vorbei zu einem Studenten, der an ihrem Schreibtisch stand. »Fühl dich frei, die Bibliothek zu erkunden. Wenn du etwas brauchst, findest du mich am Schreibtisch dort, es sei denn, ich helfe gerade jemandem, etwas zu finden.«

»Danke, Surrel. Du warst sehr hilfreich.«

Sie lächelte und ging weg. Ich betrachtete die große Anzahl von Schubladen und war froh, dass meine Mutter mir als Kind das Lesen und Schreiben beigebracht hatte. Ich fand die Schublade mit der Aufschrift FA und blätterte durch die Pergamente, bis ich fand, wonach ich suchte. Falscher König. Ich holte ein leeres Pergament, tauchte einen Federkiel in ein Tintenfass und nahm beides mit zum Schrank zurück. Dort schrieb ich die ersten drei Standorte der Bücher auf.

Ich schloss die Schublade und ging an den Regalen entlang, völlig verwirrt. Ich hatte keine Ahnung, was die Standorte bedeuteten, und es gab keine offensichtlichen Markierungen an den Bücherregalen. Nach einigen frustrierenden Momenten gab ich auf und ging zu Surrel, um Hilfe zu holen. Sie saß an ihrem Schreibtisch und kritzelte Notizen. Sie blickte auf, als ich mich näherte.

»Entschuldige, dass ich dich unterbreche«, sagte ich, »aber ich kann anscheinend nicht herausfinden, wie ich diese Standorte finde.«

»Oh! Es tut mir leid!«, sagte sie laut und senkte dann schnell ihre Stimme vor Verlegenheit. »Ich habe vergessen, die Standorte zu erklären. Lass mich dein Pergament sehen.«

Ich reichte es ihr, und sie zeigte auf den ersten Eintrag. »Der erste Satz von Buchstaben und Zahlen ist die Reihennummer. Du findest die Reihennummern oben an den Bücherregalen, in der linken oberen Ecke. Also steht 'R sechzehn' für Reihe Sechzehn. Der zweite Satz ist die Fallnummer, also der Abschnitt. 'C zwölf' steht also für Fall Zwölf. Und die letzte Zahl ist die Regalposition in diesem Fall.«

»Jetzt, wo du es erklärt hast, ergibt es Sinn. Ich weiß nicht, wie ich das nicht selbst herausgefunden habe.«

»Mach dir keine Sorgen«, sagte Surrel. »Die meisten von uns haben es nie selbst herausgefunden.«

»Nochmals vielen Dank«, sagte ich.

Mit diesen neuen Informationen ausgestattet, fand ich den ersten Standort problemlos. Das Regal enthielt etwa fünfzig Bücher, aber keines davon handelte vom Falschen König. In der Annahme, dass jemand dieses Buch bereits hatte, ging ich zum zweiten Standort auf meinem Pergament, stieß aber auf dasselbe Problem. Auch am dritten Standort fehlte das Buch, das ich brauchte.

Ich kratzte mich am Kinn und ging zurück zum Schrank, um weitere Standorte zu finden. Ich schrieb drei weitere auf und suchte dann diese Standorte ab. Wieder fehlte in jedem Regal etwas über den Falschen König. Zunehmend frustriert ging ich zurück zu Surrels Schreibtisch. Sie war abwesend, also wartete ich, bis sie zurückkam. Kurz darauf kehrte sie zurück.

»Ich bin mir nicht sicher, ob ich falsch suche, aber ich sehe die Bücher, die ich suche, nicht an diesen Standorten.« Ich hielt Surrel das Pergament hin.

Sie nahm es und sah es an, dann bedeutete sie mir, ihr zu folgen. Ich befürchtete, ich hätte falsch gesucht, und sie würde mich wie einen Narren aussehen lassen. Allerdings ging sie zum selben Standort, an dem ich gewesen war, und durchsuchte die Bücher im Regal.

»Vielleicht hat jemand dieses Buch«, sagte sie leise.

»Das hab ich mir gedacht«, antwortete ich. »Trotzdem hab ich nach sechs verschiedenen Büchern gesucht und keins davon ist hier.«

»Das ist schon etwas seltsam, obwohl jemand vielleicht zu dem Thema recherchiert. Lass uns ein paar andere Standorte überprüfen.«

Surrel und ich gingen zurück zum Schrank, und sie notierte ein paar weitere Standorte. Ihre Handschrift war viel glatter als meine. Sie führte den Weg zu den verschiedenen Orten, und jedes Mal stießen wir auf das Gleiche. Sie schien zunehmend frustriert zu werden.

»Lass uns zu den angeketteten Büchern gehen«, schlug sie vor.

Die Reihen von Buchständern mit angeketteten Büchern nahmen viel weniger Platz in der Bibliothek ein als die normalen Bücher. Wir gingen zum Standort und Surrel runzelte die Stirn.

»Das ist *jetzt* wirklich seltsam«, murmelte sie. Sie schob ein paar der Bücher auseinander. Hinter den Büchern versteckt war ein Stück einer zerbrochenen Kette. Surrel entfuhr ein Keuchen und sie sah mich mit weit aufgerissenen Augen an.

»Das ist schlimm«, flüsterte sie. »Sehr schlimm. Die Bibliothekarin wird außer sich sein, dass jemand ein angekettetes Buch mitgenommen hat.«

Ich war weniger besorgt darüber als sie und mehr darüber, dass jedes Buch über den Falschen König unerklärlich aus der Bibliothek verschwunden war. Surrel ließ mich zurück, um die Bibliothekarin zu finden, und ich überprüfte noch ein paar andere

Standorte ohne Erfolg. Ich gab auf, verließ die Bibliothek und schlenderte durch die Zitadelle, während ich meinen Gedanken nachhing. Maren wusste über den Falschen König Bescheid, also begann ich, nach ihr zu suchen. Ich hatte das Gefühl, sie wäre unten in den Drachenställen, und da ging ich nicht runter.

Die siebte Glocke läutete und ich ging zum Mittagessen in die Speisehalle. Maren war dort und aß allein an einem Tisch. Ich füllte ein Tablett mit Essen und setzte mich zu ihr.

»Du wirst nie glauben, was in der Bibliothek passiert ist«, sagte ich.

»Was?«, fragte Maren mit vollem Mund und halb zerkauter Nahrung.

»Alle Bücher über den Falschen König sind verschwunden. Sogar die angeketteten Bücher.«

Maren hörte auf zu kauen und starrte mich an. »Meinst du das ernst?«

»Ja. Surrel hat sogar mit mir gesucht. Sie meinte, die Bibliothekarin wird stinksauer sein, dass jemand die Ketten zerbrochen hat.«

»Eldwin«, flüsterte Maren. »Jemand hat diese Bücher gestohlen, da bin ich mir sicher.«

»Das hab ich mir auch gedacht«, erwiderte ich.

»Es gibt nur einen Grund, warum jemand sie mitnehmen würde.«

»Und der wäre?«, fragte ich.

»Jemand versucht, etwas zu verheimlichen.«

13

»Wer würde versuchen, etwas im Zusammenhang mit dem Falschen König zu verbergen?«, fragte ich.

»Offensichtlich einer seiner Diener«, antwortete Maren. »Es muss hier in der Zitadelle einen Diener geben. Einen Spion, der Informationen an den Falschen König weiterleitet.«

»Wir wissen nicht einmal, ob der Falsche König zurück ist«, wandte ich ein.

»Geh immer davon aus, dass dein Feind dir zwei Schritte voraus ist.«

Ich kannte den Spruch. Mein Vater sagte ihn oft, als ich jünger war. Damals verstand ich ihn nie, aber jetzt schon.

Maren senkte ihre Stimme. »Ich wette, es ist einer der Kuratoren.«

»Warum denkst du das?«, fragte ich.

»Nun, es könnte Meister Pevus sein, aber ich glaube nicht, dass er so gestresst wäre, wenn er der Agent des Falschen Königs wäre. Das lässt nur die Kuratoren übrig. Denk mal drüber nach. Sie haben Zugang zu fast allem in der Zitadelle und nehmen an den Ratssitzungen teil. Das macht sie zu Mitwissern vieler Informationen.«

Ich wollte es nicht zugeben, aber sie hatte einen Punkt. »Lass den Meister wissen, was du denkst, und schau, was er dazu sagt.«

Maren schüttelte den Kopf, bevor ich zu Ende gesprochen hatte. »Nein. Ich brauche mehr als nur meine Theorie, um Meister Pevus davon zu überzeugen, dass einer seiner Vertrauten ein Spion ist. Ich brauche Beweise.«

Ich wusste, worauf sie hinauswollte, und seufzte.

»Wir müssen den Kuratoren folgen und sehen, was wir herausfinden können.«

»Dir ist schon klar, dass nichts davon deine Verantwortung ist, oder? Es ist nicht deine Aufgabe, einen Spion zu finden, falls es überhaupt einen gibt.«

Maren starrte mich schweigend an, und nach ihrem Gesichtsausdruck zu urteilen, schien ich irgendwie ihre Gefühle verletzt zu haben. Der Ausdruck verschwand schnell und wurde durch ihren gewohnten Dickschädel ersetzt.

»Wenn du nicht helfen willst, denjenigen zu finden, der versucht, dem Falschen König zu helfen, ist das in Ordnung. Ich kann es auch alleine machen.« Sie stand auf und verließ den Tisch, wobei sie ihr Tablett mit Essen größtenteils unangerührt ließ. Ich stopfte mir einen Brötchen in den Mund und eilte ihr nach, wild kauend.

»Ich will helfen«, sagte ich. »Ich bin mir nur nicht sicher, wie gut das laufen wird, wenn wir vom Spion erwischt werden.«

»Was meinst du damit?«, fragte Maren.

»Nun, ich würde annehmen, dass der Spion, den der Falsche König hier eingeschleust hat, mächtig wäre.«

»Natürlich.«

»Und wir sind kaum Initiaten«, fügte ich hinzu.

»Hast du vergessen, dass ich eine Zauberin bin?«

»Nein«, sagte ich. »Aber hast du je gegen einen anderen Zauberer gekämpft?«

Marens Schweigen gab mir die Antwort, die ich brauchte.

»Ich plane nicht, sie selbst zu konfrontieren«, sagte sie. »Ich brauche nur Beweise, die ich Meister Pevus vorlegen kann.«

Dieser Plan schien nicht sehr durchdacht, aber aus irgendeinem unerklärlichen Grund folgte ich Maren weiterhin in Richtung Ärger.

Es stellte sich heraus, dass es viele versteckte Räume wie den gab, in dem wir uns versteckt hatten, als wir die Ratssitzung belauschten. Die Tatsache, dass Maren sich ihre Standorte gemerkt hatte, nachdem sie eine Karte der Schule gesehen hatte, war mehr als beeindruckend. Vielleicht waren Zauberer mit besseren Köpfen gesegnet als wir, die nicht magisch begabt waren?

Wir schlichen uns in Kurator Aneskos Zimmer, und Maren öffnete die Tür zum versteckten Raum. Er war etwa so groß wie der erste, aber wir mussten uns nicht hinsetzen, um in die Gemächer des Kurators zu sehen. Nach einer Stunde untätigen Sitzens betrat Anesko den Raum und setzte sich an seinen Schreibtisch. Er blätterte durch einen Stapel Bücher und verteilte Pergamente, während er Notizen kritzelte. Ich nahm an, dass er studierte oder so etwas, aber er tat sicher nichts Verdächtiges.

Der kleine Raum war warm und gemütlich. Ich muss eingenickt sein, denn das Nächste, was ich wusste, war, dass Maren mich mit ihrem Ellbogen anstieß.

»Was ist los?«, fragte ich. Ich sah, dass Anesko weg war.

»Du hast geschnarcht«, beschwerte sie sich. »Du kannst von Glück reden, dass Anesko gegangen ist, bevor du zu laut wurdest.«

»Tut mir leid«, sagte ich achselzuckend.

»Lass uns von hier verschwinden, bevor er zurückkommt.«

Wir gingen und bahnten uns einen Weg durch das Labyrinth von Gängen, bis wir einen Bereich erreichten, den ich nicht erkannte.

»Wo sind wir?«, fragte ich.

»Das ist der Flur für die weiblichen Kuratoren«, sagte Maren. »Die Gemächer liegen auf gegenüberliegenden Seiten der Zitadelle.«

Maren hielt vor der ersten Tür auf der linken Seite des Flurs an.

»Wessen Zimmer ist das?«, fragte ich.

»Kuratorin Josephines.«

Nachdem wir früher die Ratssitzung belauscht hatten, dachte ich nicht, dass Josephine eine Spionin sein könnte. Sie war zu nett, um böse zu sein. Ich gab mir nicht die Mühe, Maren meine Meinung zu sagen. Sie würde sich weigern zuzuhören, bis sie es selbst sah. Maren klopfte sanft an die Tür. Es kam keine Antwort. Sie wartete einen Moment, dann öffnete sie die Tür. Ihre Scharniere quietschten leise.

Ich ließ Maren zuerst hineingehen. Sie sah sich um und winkte mich herein. Josephines Zimmer war ganz anders als Aneskos. Es gab keine Fenster und keine Kerzen. Stattdessen schwebte eine Lichtkugel nahe der Decke. Sie wippte ein paar Zentimeter auf und ab und ließ Schatten durch den Raum flackern.

»Das ist ...«, Maren zögerte.

»Anders?«, bot ich an.

»Ich wollte gruselig sagen.«

Ich verdrehte die Augen. Es war ein *bisschen* gruselig, aber das würde ich ihr nicht sagen. »Gibt es hier noch einen dieser versteckten Räume?«

Maren lächelte mich an und ging zur Wand neben einem hohen Bücherregal. Sie drückte auf einen der Ziegelsteine in der Wand, und er schob sich zur Seite. Meine Augen weiteten sich vor Schock. In der kleinen Kammer befand sich eine ältere Frau. Ich wusste nicht, wer sie war. Maren keuchte.

Die Frau war gefesselt und geknebelt. Ihre Augen waren geschlossen, und für einen Moment dachte ich, sie wäre tot. Bei näherer Betrachtung bewegte sich ihr Körper mit ihrer Atmung, und Erleichterung überkam mich.

»Ich glaube, wir wissen jetzt, wer für den Falschen König arbeitet«, sagte Maren und schaute mich über ihre Schulter an.

»Wir müssen sie hier rausholen«, erwiderte ich. »Bevor Josephine zurückkommt.«

Gerade als wir den kleinen Raum betraten, hörte ich Schritte im Flur widerhallen. Vor Angst rutschte mir das Herz in die Hose. Maren schloss die Tür und wir saßen im Dunkeln, ohne es zu wagen, uns zu bewegen. Ich beobachtete durch die Ziegel, von denen ich allmählich vermutete, dass sie verzaubert waren, wie Josephine in die Kammer trat. Sie schloss die Tür und verriegelte sie. Die Kuratin bewegte sich mit einer natürlichen Anmut, die mir zuvor nicht aufgefallen war.

In der Mitte des Raumes stand ein Kohlebecken, das aussah, als wäre es nie benutzt worden. Es war aus Stahl gefertigt und glänzte unheimlich im magischen Licht. Josephine ging darauf zu und zog einen Dolch aus ihrem Gewand, dann fuhr sie mit der Klinge über ihre Handfläche. Ich zuckte unwillkürlich zusammen.

Josephine kniete sich vor das Kohlebecken und fuhr mit ihrer blutigen Hand über die Mitte. Ich wusste, dass sie wahrscheinlich im Begriff war, einen Zauber zu wirken, und meine Neugier ließ meine Augen an ihr kleben. Sie griff nach einer Handvoll leuchtend gelben Pulvers aus einer Schale neben dem Kohlebecken und sprach ein arkanes Wort, als sie das Pulver auf das Becken warf.

Flammen loderten auf und der Geruch von Rauch und Äther stieg mir in die Nase. Ich warf einen Blick auf Maren, aber sie beobachtete Josephine genauso aufmerksam wie ich.

»Meister«, sagte Josephine.

Ich wandte meinen Blick zurück zur Kuratin. Eine dunkle Gestalt erschien im Kohlebecken. Die Figur trug eine Robe und erinnerte mich an den Mann, der gegen den Jungen in meinem Mitgefühl-Test gekämpft hatte. Ein Gefühl der Beklemmung überkam mich, als mir klar wurde, dass die beiden verbunden sein könnten, wenn es nicht sogar derselbe Mann war.

»Was gibt es?«, fragte die Gestalt. Seine Stimme war die gleiche, hohl und schrill.

»Wir haben ein Problem.«

Die Gestalt drehte sich vollständig im Kohlebecken um und nahm die Umgebung in Augenschein.

»Sind wir allein?«

»Ja. Größtenteils.«

»Größtenteils?«

»Eine der Küchenarbeiterinnen hat mich dabei gesehen, wie ich Gift in das Essen für Meister Pevus getan habe«, sagte Josephine. »Ich war gezwungen, sie zu fesseln, und sie ist jetzt hier bei uns.«

»Eine Dienerin?«, fragte die Gestalt.

»Ja, Meister.«

Die magische Lichtkugel flackerte.

»Warum vergeudet Ihr meine Zeit mit solch belanglosen Angelegenheiten? Tötet die Dienerin und beendet Eure Aufgabe.«

»Sie töten? Seid Ihr sicher?«

Der Raum verdunkelte sich noch mehr, bis ich kaum noch Josephines Umrisse erkennen konnte.

»Vergebt mir, Meister«, flüsterte Josephine. Ich konnte die Angst in ihrer Stimme hören.

»Vergebung ist für die Schwachen«, sagte die Gestalt. »Tut, was ich Euch befohlen habe, oder ich werde einen anderen schicken, um Euch zu ersetzen.«

»Natürlich, Meister.«

»Gibt es noch etwas?«

»Meister Pevus wird zunehmend misstrauisch«, erwiderte Josephine. »Einer der Schüler wurde durch die Magie der Prüfungskammer vor der Rückkehr des Falschen Königs gewarnt.«

»Ich bin mir der Warnung der Magie bewusst«, sagte die Gestalt abweisend. Ich wusste da, dass die Gestalt aus meinem Test und die, die sprach, ein und dieselbe waren.

»Meister Pevus hat Kundschafter an die Grenze geschickt. Sie sollten bald ankommen.«

»Ja, sie sind vor ein paar Stunden eingetroffen. Meister Pevus sollte ihre Rückkehr nicht erwarten.«

Maren und ich sahen uns im selben Moment an. Ich konnte meine Besorgnis in ihren grünen Augen gespiegelt sehen. Mein Herz raste und Schweißtropfen rannen an meinen Seiten herunter. Das war schlecht.

»Wird ihn das nicht noch entschlossener machen, herauszufinden, was vor sich geht?«

»Lasst ihn sich wundern. Meine Armee wächst täglich an Zahl. Bis die Dragoner im ganzen Königreich zurückgerufen werden und die Grenze erreichen, wird es zu spät sein. Ich habe andere Angelegenheiten zu erledigen. Tötet die Dienerin und vergiftet Meister Pevus. Enttäuscht mich hierin nicht.«

Josephine verbeugte sich. Das Licht wurde heller und die dunkle Gestalt verblasste. Das Kohlebecken war makellos, als hätte nie Blut darauf gelegen. Die Stille war intensiv und ich hielt den Atem an aus Angst, Josephine könnte mich hören. Sie erhob sich und trat auf uns zu, zögerte dann aber. Sie hatte einen nachdenklichen Ausdruck im Gesicht, dann entriegelte sie die Tür und ging.

Ich wartete einen Moment, um sicherzugehen, dass sie weg war, bevor ich die Wand öffnete und hinaustrat. Maren folgte mir und wir blickten auf die gefesselte Frau.

»Das ist der Beweis, den wir brauchen«, sagte Maren. »Wenn wir sie zum Meister bringen können, kann sie ihm erzählen, was sie gesehen hat.«

»Ich kann nicht glauben, dass Josephine die Spionin ist«, sagte ich.

»Du hast gehört und gesehen, was ich gehört und gesehen habe«, erwiderte Maren. »Schnell, lass uns sie in die Kammer des Meisters tragen.«

Maren packte die Füße der Frau und ich versuchte, sie an den Schultern anzuheben, aber sie war schwerer, als sie aussah.

»Sie ist zierlich«, sagte ich. »Wie kann sie so schwer sein?«

Maren schloss die Augen und flüsterte etwas vor sich hin. Ein paar Sekunden später öffnete sie sie wieder und sagte: »Es ist Magie. Ich kann es spüren.«

»Kannst du den Zauber brechen?«, fragte ich.

»Nein. Es ist mächtige Magie. Alte Magie.«

»Was sollen wir tun? Wir können sie nicht einfach hier lassen«, sagte ich.

»Wir müssen. Nur lange genug, um den Meister zu holen und ihn hierher zurückzubringen.«

Ohne ein weiteres Wort rannten wir zur Kammer von Meister Pevus.

14

Meister Pevus hörte Marens Erzählung wortlos zu.

Sein Gesicht wurde jedoch streng, während sie sprach. Ich war darauf gefasst, dass er Dragoner rufen würde, um Josephine zu finden und sie in den Kerker zu sperren. Stattdessen überraschte er mich.

»Sie begeben sich auf gefährliches Terrain«, sagte Meister Pevus. »Wenn Sie einen Kurator des Verrats und potenziellen Mordes beschuldigen, ohne Beweise zu haben, werden Sie von der Schule verwiesen, unabhängig davon, wer Sie sind.«

»Wir *haben* Beweise«, erwiderte Maren. »Die Frau ist immer noch in Josephines Kammer. Sie wurde durch einen Zauber an Ort und Stelle festgehalten. Wir versuchten, sie zu bewegen, bevor ich merkte, dass ein Zauber uns daran hinderte.«

»Meister«, sagte ich. »Ich war dabei und habe alles gesehen, was Maren Ihnen erzählt hat. Zwei Zeugen müssen doch etwas zählen.«

»Na gut«, sagte Meister Pevus und erhob sich von seinem Stuhl. »Führen Sie den Weg.«

Maren machte sich sofort auf den Weg. Ich folgte ihr und Meister Pevus bildete das Schlusslicht. Ich war besorgt, dass er vielleicht nicht mithalten könnte, aber nach ein paar Blicken über meine Schulter stellte ich fest, dass ich mir keine Sorgen machen musste. Obwohl er betagt war, bewegte er sich schnell und blieb dicht hinter mir.

Den ganzen Weg über hoffte ich, dass wir nicht zu lange gebraucht hatten. Wenn die Frau getötet worden wäre, wüsste ich nicht, was ich tun sollte. Ich betete still, dass die Frau in Sicherheit war. Als wir uns der Tür zu Josephines Kammer näherten, schritt Meister Pevus an uns vorbei und stieß sie auf. Er verschwand im Inneren und Maren und ich beeilten uns, aufzuholen.

»Ich sehe nichts«, sagte Meister Pevus und blickte sich im Raum um.

Alles war gleich geblieben, nur dass die versteckte Kammer nun geschlossen war. Maren ging zur Wand und drückte denselben Stein wie zuvor, dann trat sie beiseite, als die Wand aufglitt. Meister Pevus schien verblüfft. Ich schaute hinein und sah, dass die Frau verschwunden war.

»Woher wissen Sie von dem versteckten Raum?«, fragte er.

»Ich habe ihn auf einer Karte gesehen«, antwortete Maren. »Aber schauen Sie!« Sie zeigte darauf und drehte sich um, um in den Raum zu blicken. Dann erstarrte sie.

»Worauf soll ich schauen?«, verlangte Meister Pevus zu wissen.

»Die Frau war hier drin«, sagte Maren. »Sie lag genau hier!«

Meister Pevus sah mich an und ich nickte. »Das stimmt.«

Er blickte zurück in den versteckten Raum und schwieg so lange, dass es unangenehm wurde. Ich hatte keine Ahnung, was er dachte. Meine Gedanken kreisten um die Frau. Wohin war sie verschwunden? Hatte Josephine sie weggebracht, um sie an einem weniger auffälligen Ort zu töten? Mein Herz sank in Niedergeschlagenheit. Wir waren zu spät.

»Sie werden niemandem wiederholen, was Sie mir erzählt haben«, sagte Meister Pevus. »Ist das klar?«

»Ja, Meister«, sagte ich.

»Glauben Sie uns?«, fragte Maren.

»Wie könnte ich? Es gibt hier nichts, was darauf hindeutet, dass Ihre Geschichte je passiert ist.«

»Warum sollten wir darüber lügen?«, sagte Maren entrüstet.

»Warum in der Tat? Ungeachtet dessen werden Sie diese Geschichte niemandem erzählen, und ich werde Sie nicht wegen falscher Anschuldigungen von der Schule verweisen. Dieses Verhalten ist einer Prinzessin sehr unwürdig.«

Maren öffnete den Mund, als wolle sie etwas sagen, aber Meister Pevus runzelte die Stirn und sie blieb still. Wir verließen Josephines Zimmer und

Meister Pevus schloss die Tür und warf jedem von uns einen vielsagenden Blick zu, dann stapfte er davon.

Nachdem er weg war, sah ich Maren fragend an. »Eine Prinzessin? Du bist eine *Prinzessin? Die Prinzessin?*«

Maren verdrehte die Augen. »Ja, aber das spielt keine Rolle.«

»Doch, das spielt eine Rolle. Warum hast du mir das nicht gesagt? Und wie kannst du von königlichem Geblüt sein? Deine Haare sind schwarz.«

Maren griff nach einigen ihrer Haare und fuhr mit den Fingern hindurch, wodurch sie schwarz wurden. Wo sie gerieben hatte, waren ihre Haare rot. Ich starrte ungläubig.

»Was ist das für ein Zeug?«, fragte ich.

»Holzkohle.«

»Warum verbirgst du, wer du bist?«

Maren seufzte und senkte den Blick zu Boden. »Du würdest es nicht verstehen.«

»Vielleicht doch.«

»Mein ganzes Leben lang habe ich alles bekommen, was ich wollte, einfach wegen dem, wer ich bin.«

»Ist das eine Beschwerde?«, fragte ich, ohne den Sarkasmus zu verbergen.

»Ich meine damit, dass ich nie für etwas arbeiten muss. Ich habe nie die Gelegenheit, mich zu beweisen. Ich dachte, wenn ich hierher käme und die Prüfungen bestehen würde, ohne dass jemand weiß, wer ich bin, dann würde ich endlich allen und mir selbst zeigen, wozu ich fähig bin.«

Das ergab für mich Sinn. Ich fand es schwer zu verstehen, warum jemand alles aufgeben würde, um freiwillig für etwas zu arbeiten, aber ich konnte ihre Absicht nachvollziehen. Auch ich wollte beweisen, dass ich es wert war, ein Dragoner zu sein, dass ich den Respekt verdiente, den die Taten meines Vaters erworben hatten.

»Du hättest es mir sagen können«, sagte ich. »Bist du wirklich eine Zauberin?«

»Ja«, antwortete Maren. »Warum?«

»Nun, ich weiß nicht, was ich dir glauben soll. Kein Wunder, dass du keine Angst hattest, von der Schule geworfen zu werden, weil du die Regeln brichst. Dein Vater würde Meister Pevus einfach zwingen, dich bleiben zu lassen.«

»Das stimmt nicht. Mein Vater mag zwar der König sein, aber er hat hier keine Autorität.«

»Nach dem, was wir in der Ratssitzung gehört haben, könnte *das* nicht stimmen«, erwiderte ich.

Maren zögerte. Sie wusste, dass ich Recht hatte. Der König konnte alles verlangen, was er wollte, von jedem.

»Es spielt keine Rolle«, sagte ich. »Wir müssen herausfinden, wohin Josephine diese Frau gebracht hat.«

»Ich weiß nicht einmal, wo ich anfangen soll«, sagte Maren. »Ich weiß nichts über Josephine, also wird es schwierig sein, herauszufinden, wohin sie geht.«

»Gibst du auf?«, fragte ich.

»Nein, natürlich nicht. Ich gebe niemals auf.«

»Dann lass uns anfangen zu suchen.«

Wir ließen Josephines Zimmer hinter uns und suchten stundenlang. Überall, wo wir hinschauten, gab es keine Spur von Josephine oder der älteren Frau. Maren führte mich zu unzähligen versteckten Räumen. Alle waren leer und schienen seit Jahren nicht benutzt worden zu sein. Dicke Staubschichten bedeckten die Böden, und die einzigen Abdrücke, die den Staub verunstalteten, stammten von Mäusen. Oder Ratten.

Die dreizehnte Glocke läutete und signalisierte das Abendessen. Keiner von uns gab zu, was wir befürchteten, aber ich wusste, dass sie die gleichen Gedanken hatte wie ich. Josephine hatte die alte Frau wahrscheinlich schon getötet. Wenn wir wenigstens die Leiche finden könnten, dann wäre das vielleicht genug Beweis für Meister Pevus. Wir machten uns schweigend auf den Weg zur Speisehalle.

Ich aß, bis ich satt war, aber ich konnte das Essen kaum schmecken. Alles von früher fühlte sich wie ein Traum an, als ob es nicht passiert wäre. So sehr ich mir auch wünschte, dass es wahr wäre, wusste ich doch, dass Josephine eine Agentin des Falschen Königs war.

»Wer, glaubst du, ist der Mann, mit dem Josephine gesprochen hat?«, fragte ich.

»Ich weiß nicht«, antwortete Maren. »Er jagt mir aber eine Gänsehaut über den Rücken.«

»Mir auch. Er konnte Josephines Lichtkugel kontrollieren, also muss er irgendeine Art von Zauberer sein.«

»Das ergibt Sinn, aber ich kenne nur eine Handvoll Zauberer, die dem Falschen König in seinem Krieg geholfen haben, und die sind alle gestorben.«

»Sind sie das?«, fragte ich. »Alle scheinen zu denken, dass auch der Falsche König gestorben ist, aber die jüngsten Ereignisse lassen vermuten, dass das vielleicht nicht der Fall ist.«

»Da hast du Recht«, sagte Maren.

Ich gähnte und lehnte mich in meinem Stuhl zurück. »Wir haben nur noch ein paar Stunden bis zur Sperrstunde. Ich möchte weiter suchen, aber ich bin erschöpft und morgen müssen wir den nächsten Test ablegen.«

Maren sah mich an. Ihre Augen waren wässrig.

»Was ist los?«, fragte ich.

»Ich kann nicht aufhören zu denken, dass ich mehr hätte tun können, um diese Frau von Josephines Zaubern zu befreien.«

»Du hast selbst gesagt, dass die Magie zu stark war.«

»Ich weiß, aber ich habe nicht einmal versucht, den Zauber zu brechen. Was, wenn ich es getan hätte und wir sie hätten befreien können? Sie wäre noch am Leben.«

»Sie könnte jetzt noch am Leben sein«, sagte ich. »Wir haben keine Spur von ihnen gefunden, aber das heißt nicht, dass Josephine sie getötet hat. Vielleicht hat sie sie einfach woanders hingebracht?«

»Vielleicht«, erwiderte Maren. Sie wischte sich mit ihrem Ärmel über die Augenwinkel.

»Wir können morgen nach den Tests weiter suchen«, schlug ich vor.

»Das ist eine gute Idee. Ich glaube, ich gehe früh ins Bett«, sagte Maren. »Ich habe viel im Kopf, womit ich klar kommen muss.«

»Das ist wirklich eine gute Idee«, sagte ich.

»Die habe ich ausschließlich«, sagte Maren, ihre Mundwinkel verzogen sich zu einem Schmunzeln.

»Da ist sie wieder.« Ich mochte es nicht, sie niedergeschlagen zu sehen, aber ich verstand, wie sie sich fühlte. Wenn wir mehr versucht hätten, die Frau zu befreien, hätten wir vielleicht Erfolg gehabt. Wir verließen die Speisehalle und gingen gemeinsam zu unserem Flügel der Zitadelle. Auf halbem Weg griff Maren nach meiner Hand und hielt sie, bis wir uns am oberen Ende der Treppe trennten.

»Gute Nacht, Eldwin. Und viel Glück morgen. Wir treffen uns hier nach den Tests?«

Es war mehr eine Frage als eine Feststellung, und ich nickte. »Ja, so machen wir's.«

»Gut.« Sie begann wegzugehen, hielt dann inne. »Es könnte stattdessen auch ein Date sein.«

Dann ließ sie mich allein stehen, meine Wangen rot vor Verlegenheit.

15

Als am Morgen die Frühstücksglocke läutete, war ich bereits wach und in meine Roben gekleidet. Ich hatte Schwierigkeiten gehabt einzuschlafen, nachdem Maren gesagt hatte, dass unsere gemeinsame Zeit heute ein Date sein würde. Wer hätte gedacht, dass jemand von niederer Herkunft wie ich überhaupt Zeit mit einer Prinzessin verbringen würde, geschweige denn ein *Date* mit ihr haben würde?

Ich jedenfalls nicht.

Ich betrat den Speisesaal und füllte meinen Teller mit einem Brötchen und ein paar Eiern. Dampf stieg von den Eiern auf und der Geruch ließ mir das Wasser im Mund zusammenlaufen. Mir war aufgefallen, dass die meisten anderen Schüler erst später zum Frühstück kamen. Der Mangel an Pflichten hatte sie wahrscheinlich dazu verleitet, länger zu schlafen. Da heute der zweite Test anstand, sorgte ich dafür, genug zu essen, um bis zum Mittagessen durchzuhalten.

Seltsamerweise sah ich Maren nicht. Nachdem ich fertig gegessen hatte, streifte ich eine Weile durch die Gänge, um sie zu finden, aber ohne Erfolg. Schließlich ging ich zurück in unseren Flügel der

Zitadelle, um auf Kurator Anesko zu warten. Er war bereits da und sah nicht glücklich aus. Ich hörte ihn über alle murren, die zu spät kamen. Ich war froh, einer der wenigen zu sein, die warteten. Vielleicht würde er mich für meine Pünktlichkeit wohlwollend ansehen.

Als sich nach und nach alle anderen zu uns gesellten, sah ich Maren aus Richtung der Ställe kommen und verstand, warum ich sie nicht gefunden hatte. Ich schüttelte den Kopf über sie und sie schenkte mir ein strahlendes Lächeln. Niemand konnte sie von den Drachen fernhalten. Sie kam und stellte sich neben mich.

»Suchst du Ärger?«, flüsterte ich.

»Du bist nur eifersüchtig«, sagte sie lachend.

»Im Ernst, Maren. Ich würde versuchen, Ärger aus dem Weg zu gehen. Besonders da Meister Pevus uns nicht geglaubt hat wegen ... « Ich sah mich um, um sicherzugehen, dass niemand zuhörte. »... du weißt schon wem.«

»Ich werde mich nicht erwischen lassen«, sagte sie.

Ich starrte sie an, bis sie übertrieben seufzte. »Na gut. Ich nehme an, du hast Recht.«

Kurator Anesko räusperte sich und zog unsere Aufmerksamkeit auf sich. Die Gruppe verstummte.

»Heute werdet ihr alle den Test für magische Eignung ablegen. Dieser Test wird euren gesunden

Menschenverstand in Bezug auf das Zaubern bewerten. Anders als beim Mitgefühlstest ist dieser hier viel umfangreicher und wird wahrscheinlich bis in den späten Abend dauern.«

Anesko machte eine Pause und sah jeden von uns der Reihe nach an. Ich versuchte herauszufinden, wie ich einen Test ablegen sollte, der magisches Talent erforderte, wenn ich keines hatte. Ich war ziemlich sicher, dass keiner von uns, außer Maren, irgendeine magische Neigung besaß.

»Diejenigen von euch, die das Glück haben, sich mit einem Drachen zu verbinden, werden viele Dinge lernen. Eines davon ist, dass Drachen mächtige Zauberer sind. Mit wachsender Verbindung werdet ihr Fähigkeiten erlangen, die ihr derzeit nicht habt. Die meisten von euch werden die Fähigkeit erlangen, kleinere Zauber zu wirken, aber einige von euch könnten stark im Zaubern werden, besonders abhängig von eurem Drachen.

»Wenn ihr derzeit nicht über das Talent zur Magie verfügt, werdet ihr einen Trank erhalten, der es euch vorübergehend ermöglicht, Zauber zu wirken. Ihr werdet ihn trinken, bevor ihr den Test betretet, und er wird mehrere Stunden wirken. Das sollte mehr als genug Zeit sein, um die Hindernisse zu überwinden. Wenn nicht, dann wisst ihr, dass ihr durchgefallen seid. Gibt es irgendwelche Fragen?«

Stille.

»Gut. Folgt mir.«

Kurator Anesko führte uns aus der Zitadelle und zur rechten Seite des Geländes. Wir waren immer noch hinter der Mauer, die die Schule von der umliegenden Stadt trennte. Große, hohe Büsche bildeten eine massive Wand, durch die ich nicht hindurchsehen konnte. Die Büsche wirkten fehl am Platz, als ob sie normalerweise nicht dort wären.

In der Nähe war ein langer Tisch aufgebaut, bedeckt mit mindestens hundert Fläschchen, die mit grüner Flüssigkeit gefüllt waren. Vor dem Tisch waren Stuhlreihen aufgestellt. Anesko befahl uns, uns zu setzen, und wir gehorchten. Die Wand aus Sträuchern kräuselte sich seltsam, wie eine Welle auf einer Seeoberfläche, und dann teilte sie sich und Meister Pevus trat heraus. Ich reckte den Hals, um einen Blick in die Öffnung zu werfen, und sah kurz ein Labyrinth, bevor sich die Wand wieder schloss.

Der Meister sah immer noch mitgenommen aus, aber er wirkte nicht so erschöpft wie gestern. Die Kuratoren versammelten sich um ihn und unterhielten sich leise. Ich nahm an, sie sprachen über den Test oder etwas damit Zusammenhängendes. Ich lächelte Maren an, als sie sich neben mich setzte.

»Bist du nervös?«, fragte sie.

»Ein bisschen«, log ich. Ich war verängstigt, mehr noch als beim Mitgefühlstest. Obwohl wir einen Trank trinken würden, der uns erlauben würde, Magie zu benutzen, wusste ich nichts über die arkanen Künste und fürchtete, dass ich durchfallen würde.

»Sei es nicht. Du wirst das gut machen, da bin ich mir sicher. Du hast einen starken Willen. Und Zaubern besteht hauptsächlich darin, deinen Willen der Magie aufzuzwingen, damit sie tut, was du willst.«

»Wirklich?«, fragte ich.

»Ja. Für mich hilft es, wenn ich die Augen schließe und versuche, mir vorzustellen, was ich will, dass die Magie tut. Manchmal macht Wut den Zauber stärker.«

»Wie in der Gasse?«

Maren nickte. Wir beobachteten, wie Meister Pevus den ersten Schüler aufrief. Kurator Anesko reichte dem Schüler ein Fläschchen vom Tisch. Er trank es, dann ging er auf die Buschenwand zu. Sie teilte sich, um ihn einzulassen, und schloss sich schnell wieder, als er hineinging.

Die nächsten paar Stunden waren von quälender Langeweile erfüllt, während wir warteten. Das Mittagessen wurde draußen serviert, und niemand durfte in die Zitadelle zurück, es sei denn, sie mussten die Toilette benutzen. Und das erforderte eine Begleitung durch einen der Kuratoren.

Der Himmel war bewölkt und ein sanfter Wind wehte, was eine Atempause von der Hitze bot. Es war mitten im Sommer, und Tage wie dieser waren selten, also genoss ich jede Minute davon. Ich lehnte mich in meinem Stuhl zurück und schloss die Augen. Der Wind fühlte sich wunderbar auf meinem Gesicht an. Ich versuchte mir vorzustellen, wie sich der Wind anfühlen würde, wenn man auf dem Rücken eines Drachen reitet.

Schließlich öffnete ich die Augen und wurde mir der Drachen bewusst, die über uns flogen. Es waren zwei. Einer war blau und der andere grün. Sie schwebten träge über dem Labyrinth, und ich nahm an, dass ihre Reiter nach unten schauten und den Test beobachteten. Die Schuppen der Drachen schimmerten und ich stieß Maren mit dem Ellbogen an.

»Schau«, sagte ich.

Sie blickte nach oben und lächelte. »Ich glaube, das sind Azer und Zymon.«

»Sie haben Namen?«, fragte ich. Es klang dumm, sobald die Worte meinen Mund verließen.

»Natürlich. Alle Drachen haben Namen.«

»Woher kennst du ihre Namen?«

»Sie haben es mir gesagt.«

»Wer sind sie?«, fragte ich.

»Azer und Zymon.«

»Die Drachen haben mit dir gesprochen?«

»So in etwa«, sagte Maren. »Sobald du mit einem verbunden bist, kannst du telepathisch mit ihnen sprechen. Wenn du nicht mit einem verbunden bist, teilen sie normalerweise nur Eindrücke mit dir. Da ich so oft in die Ställe gegangen bin, um sie zu sehen, sind sie in meiner Gegenwart inzwischen ganz entspannt.«

»Das würde ich auch gerne machen«, sagte ich. »Aber ...«

»Du willst keinen Ärger bekommen, ich weiß.«

Ich nickte zustimmend und beobachtete weiter die Drachen, die über dem Labyrinth kreisten.

»Können alle Drachen Feuer speien?«, fragte ich.

»Ja, aber jede Drachenfarbe hat auch eine einzigartige Atemfähigkeit. Na ja, fast alle.«

»Was meinst du damit?«

»Blaue Drachen speien Blitze, aber auch Feuer.«

»Oh. Das ist interessant. Was ist mit grünen?«, fragte ich.

»Säure. Schwarze Drachen speien auch Säure.«

»Weiße?«

»Frost.«

Das ließ meine Augenbrauen überrascht in die Höhe schnellen. »Wow. Stell dir vor, ein Drache speit Frost auf dich. Du wärst wahrscheinlich innerhalb von Sekunden gefroren.«

»Wahrscheinlich«, stimmte Maren zu.

»Was ist mit roten?«

»Nur Feuer. Sie sind die Ausnahme, da sie keinen zweiten Atem haben, aber ihr Feuer ist viel stärker als das der anderen Farben.«

»Mit welcher Drachenfarbe möchtest du dich verbinden?«, fragte ich.

»Grün«, antwortete Maren ohne zu zögern. »Du?«

»Ich bin mir nicht sicher«, sagte ich. »Ich habe viel darüber nachgedacht, aber ich kann mich einfach nicht entscheiden. Ich denke, sich mit jedem Drachen zu verbinden, wäre unglaublich.«

»Da stimme ich zu.«

Die Stunden vergingen und auch das Abendessen wurde draußen serviert. Als die Sonne unterging, waren noch etwa fünfzehn Schüler zu testen, einschließlich mir und Maren. Als Maren an der Reihe war, berührte sie kurz meine Hand und ging dann zu Meister Pevus. Da sie magisch begabt war, musste sie keines der Fläschchen trinken. Ich sah zu, wie sie im Labyrinth verschwand, und begann mich zu fragen, was mich darin erwarten würde.

Die Sonne verschwand vollständig und die Kuratoren wirkten Lichtzauber, um die Gegend zu erhellen. Leuchtende Kugeln, ähnlich der, die ich in Josephines Kammer gesehen hatte, schwebten in der Luft und verbreiteten überall ihre Helligkeit. Außer an der Hecke. Sie blieb dunkel, als würde sie das Licht aus der Luft um sie herum aufsaugen und ersticken. Ich schluckte schwer, als ich die Wand anstarrte.

Meister Pevus rief meinen Namen und ich stand auf. Meine Knie fühlten sich schwach an und meine Handflächen schwitzten. *Es ist Zeit, mich zu beweisen*, dachte ich. *Ich kann das schaffen.*

Ich erreichte den Tisch und Kurator Anesko gab mir ein Fläschchen. Ich hob es hoch und betrachtete es, dann setzte ich es an meinen Mund und hob das Fläschchen an. Die Flüssigkeit war dick und zähflüssig. Es fühlte sich wie eine Ewigkeit an, bevor der bittere Geschmack meine Zunge traf. Ich unterdrückte den Würgereflex und trank so viel wie möglich von dem Zeug. Die Wirkung des Tranks setzte sofort ein. Es war, als wäre ein sechster Sinn in mir erwacht.

Meister Pevus winkte mich zur Heckenwand. »Viel Glück, Eldwin.«

Ich neigte meinen Kopf, als ich an ihm vorbeiging, und trat vor die Wand. Die Büsche teilten sich und gaben den Blick auf ein dunkles Labyrinth frei. Ich konnte leuchtende Kugeln im Labyrinth schweben sehen, ähnlich denen, die die Kuratoren beschworen hatten. Ich warf einen letzten Blick zurück, dann betrat ich das Labyrinth.

16

Magie summte in meinen Ohren.

Es war nicht übermäßig laut, aber deutlich wahrnehmbar. Das Zirpen der Grillen, die Rufe der Eulen und viele andere Geräusche erfüllten die Nacht, doch die Magie hob sich deutlich von jedem anderen Laut im Labyrinth ab. Ich blieb einen Moment stehen, nahm die Geräusche in mich auf und sah mich um. Die Wände des Labyrinths bestanden alle aus demselben Buschwerk. Obwohl ich wusste, dass ich mich auf dem Schulgelände befand und eine Prüfung ablegte, hatte ich ein wenig Angst.

Ich blickte zum Himmel auf und sah die dunklen Silhouetten der Drachen, schwache Schattierungen von Schwärze vor einer größeren dunklen Leinwand. Irgendwie gab mir das Wissen, dass die Drachen dort oben waren, etwas Trost. Nur wenige Sterne waren sichtbar, aber der Mond war voll und hell. Der Weg, auf dem ich stand, bestand aus grauen und weißen Pflastersteinen. Die weißen Teile glühten schwach im Licht des Mondes und der umherschwebenden magischen Kugeln.

»Ich kann das schaffen«, flüsterte ich mir selbst zu, als ich ein paar Schritte vorwärts machte. Zu meiner Linken stand ein mit Flammen gefülltes

Kohlebecken. Eine unsichtbare Hitzewand umspülte mich. Ich war gerade dabei, daran vorbeizugehen, als ich den Sog der Magie spürte. Es war ein Drängen tief in mir, das mich aufforderte, näher zu kommen. Der gesunde Menschenverstand kämpfte gegen die Magie an und warnte mich, mich fernzuhalten. Ich erinnerte mich daran, dass Maren mir gesagt hatte, dass es ihr beim Zaubern half, die Augen zu schließen, also schloss ich meine und lauschte der Magie.

Wasser.

Das Wort formte sich in meinem Kopf. Ich hob meine Hand und stellte mir vor, wie ein Wasserstrom aus meiner Handfläche spritzte. Zunächst geschah nichts. Ich konzentrierte mich stärker und drückte meinen Willen gegen die Magie, wie Maren es mir gesagt hatte. Es gab einen leichten Widerstand, der aber schnell nachgab. Ich spürte, wie Wassertropfen begannen, aus meiner Handfläche zu tropfen. Überrascht öffnete ich die Augen und verlor fast die Verbindung zur Magie. Meine pure Sturheit rettete den Zauber. Ich weigerte mich, die Magie loszulassen.

Und dann war der Widerstand völlig verschwunden und ein Sturzbach von Wasser floss aus meiner Hand. Staunend beobachtete ich, wie die Flüssigkeit die Flammen im Kohlebecken löschte. Die Hitze ließ nach und ich ließ die Magie los. Ich betrachtete meine Handfläche, noch immer fassungslos darüber, dass ich erfolgreich einen Zauber gewirkt hatte. Ich. Ein Niedriggeborener.

Ich wischte meine Hand an meiner Robe ab und sah mich um, wobei ich mich fragte, ob ich das gesamte Labyrinth durchqueren oder nur beweisen sollte, dass ich magisch begabt war. Die Wand hinter dem Kohlebecken teilte sich und ich spürte den Sog der Magie, der mich drängte, durch die Öffnung zu gehen. Ich tat es, und das Labyrinth öffnete sich zu einem großen Platz.

In der rechten Ecke ragte etwas Hohes in der Dunkelheit auf. Dort schienen weder magische Lichter, noch schien das Mondlicht die Düsternis durchdringen zu können. Die Neugier überwältigte mich und ich ging näher, um zu sehen, was es war. Als ich nur noch wenige Meter entfernt war, spürte ich, wie der Boden unter meinen Füßen bebte. Ich hörte auf zu gehen, aber es war zu spät.

Die kolossale Gestalt in der Ecke bewegte sich auf mich zu. Ich wich zurück und beobachtete mit entsetztem Interesse, wie das Ding, was auch immer es war, ins Licht trat. Es war mindestens einen Meter größer als ich und schien aus Erde und Gestein zu bestehen. Es bewegte sich langsam, kam aber unaufhaltsam näher. Ich hielt einen anständigen Abstand zwischen uns, aber als ich mich nach einem Ausweg umsah, bemerkte ich, dass es keinen gab.

Die Wände hatten sich geschlossen und es gab nirgendwo einen Ausweg.

Ich bewegte mich weiter, blieb außerhalb der Reichweite der Kreatur und überlegte meine Möglichkeiten. Es war möglich, dass dies Teil der Prüfung war, aber welche Art von Zauber würde eine Kreatur aus Erde besiegen? Ich wusste es nicht. Die Magie zog wieder an mir, wurde in meinem Bewusstsein subtil lauter und lauter, bis es sich anfühlte, als würde jemand in meinem Kopf schreien. Ich joggte ein paar Meter weiter weg und schloss für einen Moment die Augen, um mich auf die Magie zu konzentrieren. Wieder wurde mir ein Wort eingeprägt.

Wind.

Was würde Wind gegen so eine Kreatur ausrichten? Ich öffnete die Augen und bewegte mich weiter. Die Kreatur hörte nicht auf. Es war nur eine Frage der Zeit, bis ich müde wurde, aber dieses Ding konnte wahrscheinlich die ganze Nacht ohne Pause laufen. Ich musste etwas unternehmen.

»Wind«, murmelte ich.

Ich verstand nicht, wie der Wind diese Kreatur aufhalten sollte, aber ich hatte keine anderen Möglichkeiten. Ich eilte weiter weg, drehte mich dann um und stellte mich dem Monster. Ich schloss die Augen und konzentrierte mich auf die Magie wie beim ersten Zauber und stellte mir einen Wirbelwind vor. Ich hob beide Hände und legte meinen ganzen Willen in die Magie. Ich konnte spüren, wie die Brise stärker wurde, aber es dauerte zu lange.

Das grummelnde Geräusch der Kreatur kam näher, aber ich hielt meine Augen geschlossen. Wenn ich die Verbindung zur Magie verlöre, würde die Kreatur mich erwischen. Ich änderte meinen Plan und stellte mir statt eines Wirbels eine Windböe vor. Der Wind frischte auf und meine Robe peitschte wild um mich herum.

Ich öffnete die Augen gerade rechtzeitig, um zu sehen, wie die riesige Faust der Kreatur auf mich herabkam. Meine Augen weiteten sich, aber der Zauber hatte gewirkt und eine kraftvolle Windböe blies gegen die Kreatur und drückte sie ein paar Meter zurück. Die Faust der Kreatur verfehlte mich. Sie brüllte und kämpfte darum, auf mich zuzukommen.

Überraschenderweise konnte ich spüren, wie die Kreatur gegen die Magie ankämpfte. Es war, als ob der Wind eine Verlängerung von mir wäre, und was auch immer mit dem Wind geschah, ich konnte es auf eine gewisse Weise spüren. Ich knirschte mit den Zähnen und zwang den Wind, noch stärker zu blasen. Die Magie gehorchte und wirbelte wütend um die Kreatur herum. Erde und Gesteinsbrocken begannen sich zu lösen und wurden vom Wind fortgerissen.

Die Kreatur brüllte erneut. Sie bewegte sich umher und versuchte zu entkommen, aber der Wind zerstörte die Kreatur Stück für Stück. Mit einer plötzlichen Böe trennte sich der Kopf der Kreatur von ihrem Körper und der Rest brach zu einem Trümmerhaufen zusammen. Ich befahl der Magie aufzuhören und der Wind legte sich. Ich war von Erschöpfung überwältigt und wäre fast umgefallen. Meine Sicht verschwamm und ich dachte, ich würde ohnmächtig werden.

Nach einigen Momenten der Panik verging die Schwäche, aber ich fühlte mich immer noch ausgelaugt. War die Magie an meine Kraft gebunden? Wenn ja, könnte das sehr unbequem werden. Die Hecke direkt gegenüber von dort, wo ich hergekommen war, verschob sich und öffnete sich. Ich ging hindurch und fand mich auf einem langen, geraden Weg wieder. Die Wände erhoben sich zu beiden Seiten, dunkel und bedrohlich. Ich ging langsam und leise, da ich nicht wieder überrascht werden wollte.

Ich war in der Mitte des Weges angekommen, als ich eine graue Statue bemerkte. Sie befand sich in der Heckenwand zu meiner Rechten. Die kunstvollen Details waren verblüffend, und für einen Moment dachte ich, die Statue wäre lebendig. Ich starrte sie lange an und ging dann weiter den Weg entlang. Ein

Geräusch hinter mir ließ mich innehalten. Ich drehte mich nicht um, lauschte aber aufmerksam.

Nichts.

Ich schaute über meine Schulter, aber da war nichts. Und dann sah ich, dass die Statue verschwunden war. Mein Herz begann in meiner Brust zu hämmern und ich erkannte, dass die Statue vielleicht doch lebendig war. Ich drehte mich wieder um und da stand sie vor mir. Sie hatte teuflisch scharfe Zähne und lange, tödliche Klauen. Die Magie fühlte sich jetzt anders an. Sie zog mich nicht vorwärts, sondern drängte mich zur Flucht. Warum sollte die Magie mir sagen, dass ich vor der Prüfung weglaufen sollte?

Die Statue zischte und kratzte nach mir, wobei sie den Ärmel meines Gewands zerriss. Zum Glück verletzte sie meine Haut nicht. Ich sprang zurück und versuchte, die Magie zu zwingen, die Statue mit einem Windstoß wegzuschleudern, aber ich konnte die Magie nicht ganz fassen. Es war, als würde man versuchen, einen glitschigen Fisch zu greifen. Die Statue knarrte, als sie in die Luft sprang, steinerne Flügel verliehen ihr Flugkraft. Mit Entsetzen wurde mir klar, dass es nicht nur eine Statue war.

Es war ein Gargoyle.

Jeder Gedanke an einen Kampf wurde schnell aus meinem Kopf verbannt, und ich drehte mich um und floh den Weg zurück, den ich gekommen war.

Die Wand war noch offen, und ich rannte hindurch zurück auf den großen Platz. Der Gargoyle war direkt hinter mir. Ich warf mich zu Boden, und das Biest flog knapp über mich hinweg, seine Klauen nach mir ausstreckend.

Das war nicht Teil der Prüfung. Das konnte es nicht sein. Es gab keine Möglichkeit, dass Meister Pevus oder die Kuratoren ein so gefährliches Wesen als Teil der Prüfung zugelassen hätten. Ein Gargoyle war für jemanden wie mich nahezu unbesiegbar.

»Hilfe!«, schrie ich.

Der Gargoyle wirbelte in der Luft herum und kam wieder auf mich zugeflogen. Ich rappelte mich auf und versuchte auszuweichen, aber das steinerne Geschöpf traf mich direkt in die Seite, und ich stürzte mit einem Schmerzensschrei zu Boden. Meine Rippen brannten wie Feuer, und ich fürchtete, dass einige davon gebrochen sein könnten.

Der Gargoyle stand über mir. Er grinste mich an und sprach dann mit kratziger Stimme.

»Du ... stirbst ... jetzt.«

Ich schloss die Augen, weil ich nicht sehen wollte, was das Wesen als Nächstes tun würde. Es gab ein flatterndes Geräusch, gefolgt von einem Krachen, und ich öffnete die Augen, um einen Drachen und seinen Reiter zu sehen. Der Drache hielt den Gargoyle in seinen mächtigen Klauen und hatte ihn in Stücke zerbrochen. Der Drache warf den

Rest des Gargoylen-Körpers beiseite und blickte zu mir herab, seine intelligenten Augen musterten mich.

Der Reiter sprang vom Sattel und kniete sich neben mich. »Geht es Ihnen gut?«

»Ja«, sagte ich. »Danke. Wenn Sie jetzt nicht gekommen wären, wäre ich sicher tot.«

»Es war knapp, aber Azer hat die Gefahr bemerkt, bevor Sie um Hilfe gerufen haben. Drachen haben eine außergewöhnliche Sehkraft, selbst im Dunkeln, also gebührt ihr Ihr Dank.«

Ich schaute zu dem riesigen blauen Drachen. »Danke.«

Der Drache neigte den Kopf, fast wie ein menschliches Nicken.

»Kommen Sie«, sagte der Reiter. »Lassen Sie uns Sie hier rausholen. Meister Pevus wird sicher wissen wollen, wie ein Gargoyle in das Prüfungsgelände gekommen ist.«

Der Reiter half mir auf die Füße und kletterte dann in den Sattel. Ich kletterte die Seite des Drachen hinauf und setzte mich hinter den Reiter. Mit einem kräftigen Flügelschlag hob der Drache ab. Ich blickte hinunter auf den zerbrochenen Körper des Gargoyles und fragte mich unwillkürlich, ob Josephine hinter dem Angriff steckte.

17

Ich saß in einem kleinen Raum vor dem Büro von Meister Pevus und lauschte gedämpften Stimmen.

Der Dragoner, der mir zu Hilfe gekommen war, saß mir gegenüber und döste immer wieder ein. Nachdem wir außerhalb des Labyrinths gelandet waren, hatte der Dragoner Meister Pevus über das Geschehene informiert, und die restlichen Prüfungen wurden ausgesetzt, während die Kuratoren das Labyrinth untersuchten. Nachdem die Kuratoren bestätigt hatten, dass keine weiteren versteckten Gefahren vorhanden waren, wurden die Prüfungen fortgesetzt, und Meister Pevus wies den Dragoner und mich an, ihm zu folgen. Eine kurze Untersuchung durch einen Heiler bestätigte, dass meine Rippen *nicht* gebrochen waren, trotz des Pochens.

Ich befürchtete, dass ich meine Prüfung wiederholen müsste oder, schlimmer noch, dass ich durchgefallen war, weil ich um Hilfe gerufen hatte. Der Dragoner hatte gesagt, dass der Gargoyle nicht dort sein sollte, was meine Angst ein wenig linderte. Ich dachte an Maren und fragte mich, ob sie von dem Vorfall gehört hatte. Meister Pevus' Tür öffnete sich und Kurator Anesko trat heraus und ging.

»Eldwin«, hallte Meister Pevus' Stimme in den Raum. »Bitte komm herein.«

Ich erhob mich von meinem Stuhl und trat durch die Tür. Ich hatte das Büro des Meisters noch nie gesehen und war überrascht, wie spärlich es eingerichtet war. Es gab einen Schreibtisch, hinter dem Meister Pevus saß, und ein paar Stühle. Es gab keine Gemälde oder irgendetwas anderes, das darauf hingewiesen hätte, dass das Büro von jemandem benutzt wurde.

»Geht es dir gut?«, fragte er.

»Ja, Meister. Ein bisschen erschüttert, nehme ich an, aber ich wurde nicht allzu schwer verletzt. Meine Roben wurden allerdings zerrissen.«

»Gut, gut. Wir werden dir ein neues Paar besorgen. Ich möchte mich bei dir entschuldigen. Diese Kreatur war nicht Teil der Prüfung und hätte überhaupt nicht dort sein sollen. Das Labyrinth wird von mächtigen Zaubern geschützt, um solche Dinge zu verhindern, und doch befinden wir uns hier in dieser Situation. Die Kuratoren haben die Zauber überprüft, und sie sind alle intakt. Das lässt nur eine Erklärung zu.«

Ich wartete darauf, dass er fortfuhr. Er rieb sich die Augen und lehnte sich vor, verschränkte die Arme und legte sie auf den Schreibtisch.

»Jemand hat den Gargoyle dorthin gebracht oder ihm erlaubt, einzudringen.«

Dachte er das Gleiche wie ich? Dass Josephine dahintersteckte?

»Als du und Maren mir von euren Verdächtigungen bezüglich Josephine erzählt habt, habe ich es nicht geglaubt. Zumindest nicht am Anfang. Es geschehen einige Dinge, die ich dir nicht sagen kann, aber ich werde sagen, dass, als ich eure Anschuldigungen in Betracht zog, bestimmte Dinge plötzlich Sinn ergaben. Du und Maren habt Recht mit Josephine.«

Ich spürte eine Welle der Erleichterung. »Danke, Meister. Wir haben nicht gelogen.«

»Das sehe ich jetzt. Ich hoffe, du verstehst, warum ich einer solchen Behauptung über einen der Kuratoren nicht glauben wollte?«

»Natürlich«, antwortete ich. »Ich wollte es selbst nicht glauben.«

»Um es kurz zu machen, ich habe Josephine unter Kurator Aneskos wachsames Auge gestellt. Er hat bestätigt, dass sie für jemanden spioniert, aber wir wissen nicht für wen.«

»Maren sagte, es sei der Falsche König«, sagte ich, »aber der Mann, mit dem Josephine sprach, war jemand anderes.«

»Ja, dieser Mann ist auch ein Diener des Falschen Königs, aber wir kennen seine Identität noch nicht.«

»Ich dachte, er wäre tot? Der Falsche König, meine ich.«

Meister Pevus seufzte. »Das dachte ich auch. Es scheint, dass dies vielleicht doch nicht der Fall ist.«

»Was bedeutet das?«, fragte ich.

»Es bedeutet, dass dunkle Zeiten bevorstehen. Der Falsche König war im letzten Krieg sehr nahe daran, seine Ambitionen zu verwirklichen. Ich fürchte, wir sind in unserer Wachsamkeit nachlässig geworden, und es wird schwierig sein, ihn ein zweites Mal zu besiegen.«

Meister Pevus muss meinen Gesichtsausdruck bemerkt haben, denn er wedelte mit den Händen und stand auf.

»Bitte, denk nicht über solche Dinge nach. Die Kuratoren und ich stehen bereits in Kontakt mit dem König und seinen Beratern. Wir werden die Dinge klären und uns um den Falschen König kümmern. Jetzt solltest du dich ausruhen. Aufgrund all dieser Dinge und mehr können wir die Prüfungen nicht weiter verzögern. Morgen werden wir die Prüfungen abschließen und unsere Entscheidungen treffen.«

Wir verließen das Büro und Meister Pevus trat gegen ein Bein des Stuhls, auf dem der Dragoner saß, wodurch dieser erschrocken aufwachte.

»Entschuldigung, Meister«, sagte er und stand auf. »Es war eine lange Schicht.«

»Ich verstehe«, sagte Meister Pevus und lächelte. »Du bist entlassen. Melde dich bei deinem Kommandanten zurück.«

Der Dragoner verbeugte sich und eilte davon.

»Was dich betrifft, wisse, dass dein Vater stolz darauf wäre, wie du die Prüfungen bisher gemeistert hast.«

»Danke«, sagte ich. »Ich wünschte nur, er wäre hier, um es selbst zu sehen.«

»In der Tat.«

Ich wollte gehen, hielt dann aber inne und drehte mich zu Meister Pevus um.

»Ich habe eine Frage. Kurator Anesko sagte, dass die Prüfungen so schwer sein würden, dass wir uns wünschen würden, tot zu sein. Der Test der Magischen Eignung schien nicht so schwierig zu sein, warum hat er das also gesagt?«

Meister Pevus versuchte, ein Lächeln zu unterdrücken, scheiterte aber. »Kurator Anesko neigt dazu zu übertreiben, um potenzielle Kandidaten auszusieben, die an sich selbst zweifeln könnten.«

»Das macht Sinn«, sagte ich.

»Allerdings hast du dich mit der Magie viel besser geschlagen als die meisten anderen in deiner Klasse. Also, während es dir vielleicht leicht erschien, war es für viele andere nicht so.«

Aufregung stieg in mir auf. Seine Worte bedeuteten, dass ich bestanden hatte! Zumindest fasste ich es so auf. So oder so konnte die Tatsache, dass ich so gut mit der Magie umgegangen war, nur Gutes für die Zukunft bedeuten.

»Wiederhole niemandem gegenüber, worüber wir gesprochen haben«, sagte Meister Pevus.

»Das werde ich nicht. Gute Nacht, Meister.«

»Gute Nacht, Eldwin.«

Ich fand meinen Weg zurück zu meinem Zimmer und stellte fest, dass es weit nach Mitternacht war, als ich in mein Bett kletterte. Ich schlief fast sofort ein.

Als ich aufwachte, läutete eine der Glocken. Ich wusste nicht, welche es war, also sprang ich auf, um mich fertig zu machen. Ich bemerkte, dass eine neue Robe gefaltet am Fußende meines Bettes lag. Ich tauschte sie gegen die zerrissene, in der ich eingeschlafen war, und eilte hinunter in die Speisehalle. Es stellte sich heraus, dass es die dritte Glocke war, die das Frühstück ankündigte.

Ich aß schnell und ging zurück zu meinem Flügel, um auf Kurator Anesko zu warten. Maren war bereits da. Ich stellte mich neben sie und schenkte ihr ein müdes Lächeln.

»Lange Nacht?«, fragte sie.

»Zu lang«, antwortete ich. »Hast du gehört, was passiert ist?«

»Hier und da etwas. Die Kuratoren haben alle Gerüchte im Keim erstickt.«

»Ein Gargoyle hat mich während der Prüfung angegriffen.«

»Also ist das *wirklich* passiert? Wow. Du hast Glück, dass du noch lebst.«

»Erzähl mir davon«, sagte ich. »Azer hat mir das Leben gerettet.«

»Sie ist ein guter Drache«, sagte Maren. »Ich mag sie. Es ist schade, dass sie bereits gebunden ist, sonst würde ich sie gerne auswählen.«

Ich beugte mich nah zu ihr und flüsterte: »Master Pevus sagte, er wisse, dass wir bezüglich Josephine nicht gelogen haben.«

»Wirklich?«, fragte sie eifrig.

»Ja. Er ließ Anesko sie beobachten, und der hat das Gleiche bestätigt.«

»Nun, ich habe gehört, dass sie in den letzten Stunden nicht gesehen wurde. Dragoner wurden geschickt, um sie zu verhaften. Sie haben ihr Zimmer durchsucht, aber sie ist nirgends zu finden.«

»Vielleicht ist sie aus der Schule geflohen?«, sagte ich.

»Das glaube ich nicht.«

»Wo sonst könnte sie sein?«

»Ich bin mir nicht sicher, aber ich habe vor, heute nach ihr zu suchen.«

»Wir haben heute unseren letzten Test«, sagte ich.

»Ich weiß. Ich werde mich wegschleichen und zurückkommen, bevor ich an der Reihe bin.«

»Maren.« Ich starrte sie an. »Du wirst nicht wissen, wann du an der Reihe bist. Du wirst wahrscheinlich zu spät kommen und dann ...« Ich verstummte, als ich die Härte in ihren Augen sah. Sie hatte ihre Entscheidung bereits getroffen.

»Ich bitte dich nicht, mitzukommen«, sagte Maren. »Ich möchte mich nur umsehen und schauen, ob ich irgendein Anzeichen finde, wohin sie gegangen ist, dann werde ich Master Pevus Bescheid geben.«

»Was ist mit unserem Date?«, fragte ich, um das Thema zu wechseln.

Maren lachte. »Dachtest du, ich hätte es vergessen? Nur weil es gestern nicht geklappt hat, heißt das nicht, dass es gar nicht stattfinden wird.«

»Stimmt«, erwiderte ich.

Kurator Anesko gesellte sich zu unserer Gruppe. Zum ersten Mal, seit ich hier war, sah er müde aus. Seine Augen hatten kleine, geschwollene Tränensäcke und er unterdrückte ein Gähnen.

»Heute ist der letzte Test. Wenn ihr noch hier seid, habt ihr die ersten beiden bestanden. Ihr werdet bemerken, dass einige von euch fehlen. Sie sind durchgefallen und wurden von der Schule verwiesen.«

Ich sah mich um. Anesko log nicht. Mindestens ein Drittel unserer Gruppe fehlte. Ich tauschte Blicke mit Maren.

»Kraft und Waffen. Das ist es, worum es beim heutigen Test geht. Wenn ihr Drachenreiter werden wollt, müsst ihr beweisen, dass ihr die Kraft habt und mit einer Waffe umgehen könnt. Es wird mehrere Teile dieses Tests geben, einschließlich eines bewaffneten Kampfes gegen einen anderen Schüler. Heute wird sich entscheiden, ob ihr morgen noch hier sein werdet. Bereitet euch auf das vor, was kommt. Folgt mir.«

Wir folgten Anesko aus der Schule und auf die gegenüberliegende Seite der Zitadelle, auf der wir gestern gewesen waren. Master Pevus und die anderen Kuratoren warteten dort bereits. Ich fragte mich, wie Master Pevus mit so wenig Schlaf funktionieren konnte, aber ich vermutete, er müsse daran gewöhnt sein.

Baumäste, alle dick und schwer aussehend, lagen in einem Haufen. Sobald wir uns darum versammelt hatten, zeigte Master Pevus auf die Äste und sagte: »Nehmt einen und lauft eine Runde um die Stadt Autumnwick.«

Ich sah Maren unsicher an. Sie zuckte mit den Schultern. Das klang einfach im Vergleich zu allem anderen, was wir durchgemacht hatten. Keiner von uns bewegte sich, offensichtlich warteten wir auf den Rest seiner Anweisungen.

»Na, worauf wartet ihr? Los!«

Ich stürzte nach vorne, schnappte mir einen Ast und hievte ihn auf meine Schultern, dann rannte ich zum Tor, das zur Stadt führte. Der Ast war schwerer als er aussah, und meine Muskeln protestierten bereits.

Vielleicht würde das doch nicht so einfach werden, wie ich gedacht hatte.

18

Als ich schließlich die ganze Stadt umrundet hatte und wieder an der Zitadelle ankam, war ich vor Erschöpfung kurz davor zusammenzubrechen. Der Schlafmangel von der Nacht zuvor half auch nicht gerade.

Maren joggte kurz nach mir herein, ihr Gesicht war rot angelaufen. Eine Schweißschicht glänzte auf ihrer Stirn. Sie ließ den Ast fallen und beugte sich nach vorne, stützte ihre Hände auf die Knie und atmete tief ein. Ich holte einen Wasserschlauch und brachte ihn ihr.

»Danke«, keuchte sie. Sie trank tief und reichte mir den Schlauch zurück.

»Alles in Ordnung?«, fragte ich.

»Mir geht's gut«, antwortete sie. »Hab das nur nicht als Erstes am Morgen erwartet.«

»Erzähl mir davon«, sagte ich.

»Warum hört ihr auf?«, sagte Kurator Anesko. »Das nächste Hindernis liegt vor euch.« Er zeigte auf eine hölzerne Wand, die errichtet worden war und von deren oberem Ende Seile herabhingen. »Klettert ohne eure Beine zu benutzen!«

Ich starrte Anesko an, aber wenn er meinen Blick bemerkte, ignorierte er ihn. Ich schüttelte ungläubig den Kopf und rannte zur Wand hinüber, wo ich eines der Seile ergriff. Meine verstümmelte Hand konnte das Seil umfassen, aber ich war mir nicht sicher, ob mein Arm die Kraft hatte, mein Körpergewicht so weit anzuheben. Die Wand war mindestens dreimal so hoch wie ich.

»Du schaffst das«, sagte Maren neben mir.

Ihre ermutigenden Worte entfachten ein Feuer in mir und ich begann, mich nur mit meinen Armen hochzuziehen. Zu sagen, dass es das Schwierigste war, was ich je getan hatte, wäre eine Untertreibung. Ich rutschte immer wieder ab und verbrannte mir die Hände am Seil. Für jeden Fuß, den ich gewann, verlor ich zwei. Ein frustrierter Blick um mich herum zeigte, dass alle zu kämpfen hatten, aber bei weitem nicht so schlimm wie ich.

Meine Hände waren wund und blutig, und meine Arme brannten intensiv. Ich hing an Ort und Stelle, und meine Arme zitterten so stark, dass ich darüber nachdachte, einfach aufzugeben. Und dann erinnerte ich mich daran, dass ich nichts hätte, wenn ich versagte. Ich holte tief Luft und trieb mich dann weiter, als ich für möglich gehalten hätte, und kämpfte mich das Seil hinauf. Ich war der Letzte, der die Spitze erreichte, aber ich schaffte es.

Ich kletterte die andere Seite hinunter und folgte den anderen. Einer der Kuratoren wies uns in einen langen Graben voller Schlamm ein. Da ich der Letzte in der Reihe war, konnte ich sehen, dass er tief genug war, um bis zur Brust zu reichen. Als ich an der Reihe war, sprang ich in den Graben und platschte in den Schlamm. Es wurde schnell klar, dass es schwierig war, sich darin fortzubewegen. Ich war so erschöpft, dass ich mir nicht sicher war, ob ich das Ende erreichen würde, bevor ich ohnmächtig wurde.

Alles wurde zu einem verzweifelten Nebel, und das Nächste, was ich wusste, war, dass ich am anderen Ende des Grabens lag und in den Himmel starrte. Meine Roben waren mit Schlamm verkrustet und lasteten schwer auf mir. Alles, was ich tun wollte, war, meine Augen zu schließen und zu schlafen. Marens Gesicht erschien über mir und sie bot mir ihre Hand an. Ich umfasste ihr Handgelenk und sie zog mich auf die Füße.

»Ist es schon vorbei?«, fragte ich.

»Nicht mal annähernd«, antwortete Maren. »Aber es klingt, als wäre das der härteste Teil gewesen. Als Nächstes kommen einige Übungen mit Waffen.«

»Das ist toll zu hören. Mit Waffen kann ich umgehen.«

Wir gingen gemeinsam zu der Stelle, wo Meister Pevus und die Kuratoren warteten. Die anderen Schüler hatten sich im Kreis um sie versammelt, einige knieten, andere lagen auf dem Boden.

»Alle haben sich bisher gut geschlagen, aber jetzt ist die leichte Arbeit vorbei«, sagte Kurator Anesko. Meister Pevus versuchte, sein Grinsen zu verbergen, aber ich sah es und erinnerte mich an seine Worte vom Vorabend.

»Der Rest des Tages wird aus bewaffnetem Kampf bestehen. Jeder von euch wird einem älteren Schüler zugeteilt. Es werden echte Waffen eingesetzt, aber wir haben Heiler in Bereitschaft für den Fall, dass jemand schwer verletzt wird.«

Anesko drehte sich langsam im Kreis und blickte jeden an, der noch da war.

»Lasst mich dies sagen: Wenn ihr so schwer verletzt werdet, dass ein Heiler benötigt wird, habt ihr versagt. Wir erwarten nicht, dass ihr euren Gegner besiegt, da die meisten von euch das wahrscheinlich nicht schaffen werden, aber wir erwarten, dass ihr euch in einem Kampf behauptet und zeigt, dass ihr in der Lage seid, eine Waffe zu handhaben, ohne euch das Bein abzuhacken. Wenn jemand Zweifel an seinen Fähigkeiten hat, sprecht jetzt.«

Ich beobachtete die Leute in meiner Nähe, um zu sehen, ob jemand den letzten Test aufgeben würde, aber niemand tat es. Eine provisorische Arena war aufgebaut worden, mit einer kreisförmigen Umzäunung für die Kämpfer und Sitzplätzen drumherum für alle Zuschauer. Zu wissen, dass alle meinen Kampf beobachten würden, machte mich etwas unruhig, aber ich nahm an, dass es allen so ging.

Die Kämpfe begannen ähnlich wie die anderen Tests. Ein Schüler wurde namentlich aufgerufen und angewiesen, was zu tun war, dann mit einem Kettenhemd ausgestattet und bekam ein Schwert seiner Wahl aus einem kleinen Gestell. Die Vorstellung, das Schwert meines Vaters zu benutzen, war großartig, aber ich bezweifelte, dass sie mir dieses Privileg gewähren würden. Ich setzte mich neben Maren und beobachtete, wie der erste Schüler die Umzäunung betrat.

Der ältere Schüler, gegen den er antrat, trug ebenfalls ein Kettenhemd und hielt sein Schwert mit geübter Leichtigkeit. Einer der Kuratoren läutete eine Glocke und die beiden Kämpfer umkreisten einander, hier und da einen Ausfall machend, um die Verteidigung des anderen zu testen. Ich begann, Taktiken zu entwickeln, wie ich hoffte, dass mein Test verlaufen würde. Nach einigen weiteren Kreisen umeinander prallten die beiden in einem hitzigen Kampf aufeinander.

Ich beobachtete aufmerksam jede Bewegung des älteren Schülers, neugierig, seinen Stil kennenzulernen und ihn mit dem der anderen älteren Schüler zu vergleichen, während die Kämpfe weitergingen. Ich wollte einen Vorteil gegenüber meinen Mitstreitern haben und möglicherweise meinen Kampf gewinnen. Als der ältere Schüler sich herumdrehte und seine Klinge quer über die Brust seines Gegners schlug, wurde mir klar, dass es höchst unwahrscheinlich war, dass ich gewinnen würde. Wäre es nicht für das Kettenhemd gewesen, hätte der Schüler einen tiefen, lebensbedrohlichen Schnitt in seiner Brust erhalten.

»Die Gegner, gegen die wir antreten, werden uns wahrscheinlich wie Kinder mit Stöcken aussehen lassen«, sagte ich zu Maren.

»Ich habe vom Hauptmann der Wache meines Vaters gelernt, mich zu verteidigen«, erwiderte Maren. »Ich bin sicher, ich kann mich behaupten. Wie lange, denkst du, wird jeder Kampf dauern?«

Ich zuckte mit den Schultern. »Wenn sie alle so wie dieser hier verlaufen, wahrscheinlich nicht lange. Warum?«

Maren blickte zum Tor, das zur Stadt führte, und ich vermutete zu wissen, woran sie dachte. Sie schaute zurück zu mir und runzelte die Stirn.

»Ich habe das Gefühl, dass Josephine immer noch hier ist«, sagte sie.

»Ich bin sicher, das ist sie, aber du hast versprochen, dich aus Schwierigkeiten herauszuhalten.«

»Ich weiß, aber ...« Maren blickte wieder zur Stadt. »Da ist etwas, das ich nicht erklären kann, das mir sagt, dass ich sie finden muss. Ich glaube, die alte Frau lebt noch.«

Ich biss mir auf die Lippe und überlegte, ihr zu sagen, sie solle gehen, aber ich wusste, dass ihre Chance, sich als würdig für einen Drachenreiter zu erweisen, verloren wäre, wenn sie beim Weggehen erwischt würde oder nicht rechtzeitig zurück wäre.

»Warte einfach bis nach dem Test, und ich gehe mit dir«, sagte ich. »Das wird unser Date.«

Maren antwortete nicht, ging aber auch nicht weg. Ich wandte meine Aufmerksamkeit wieder der Arena zu und beobachtete den nächsten Kampf. Es war einer der Adligen, die mit Simon herumgehangen hatten. Er hielt etwas länger durch als der erste Schüler, verlor aber ebenfalls seinen Kampf.

Die nächsten fünf Kämpfe verliefen alle gleich, aber der sechste wurde weitaus blutiger. Ein Schüler, der wahrscheinlich noch nie ein Schwert berührt hatte, bekam seine Hand fast zur Hälfte abgetrennt. Die Heiler konnten sie schnell wiederherstellen, aber der Schüler war erschüttert und wurde von einem der Kuratoren aus der Arena geführt.

Ein Teil des Sandes in der Arena war mit dem Blut des Schülers befleckt, eine Erinnerung daran, dass dieser Test der körperlich gefährlichste war. Trotz der Anwesenheit der Heiler fand ich es fast barbarisch, eine solche Brutalität als Teil eines Tests für die Aufnahme in die Schule zuzulassen. Andererseits würden diejenigen, die bestanden, für den Kampf ausgebildet werden, auf Drachen in die Schlacht reiten und wahrscheinlich brutalere Dinge sehen als das, was dieser Test bot. Trotzdem.

»Weiß dein Vater, was hier vor sich geht?«, fragte ich.

»Ich bin sicher, das tut er«, antwortete Maren. »Er betrachtet die Dragoner als den mächtigsten Teil seiner Armee. Er weiß auch, wie jeder andere, dass es alles andere als einfach ist, ein Dragoner zu werden.«

»Das macht Sinn«, sagte ich.

Der nächste Schüler bereitete sich darauf vor, die Arena zu betreten. Bisher hatte es für jeden Kampf einen anderen älteren Schüler gegeben.

»Ich frage mich, wie viele dieser älteren Schüler schon eine echte Schlacht gesehen haben«, sagte ich.

Maren antwortete nicht, also drehte ich mich um, um sie anzusehen.

Sie war weg.

19

Es dauerte nur einen Moment, bis ich beschloss, dass ich ihr folgen musste. Sie konnte nicht weit gekommen sein, also wartete ich, bis der Wettkampf begann und ich sicher war, dass Master Pevus und die Kuratoren nur noch auf die kämpfenden Schüler achteten.

Ich joggte zum Tor, das zur Stadt führte, und hielt inne, um mich auf dem Gelände der Zitadelle umzusehen. Maren war nirgends zu sehen, aber ich war mir nicht ganz sicher, ob sie vorhatte, in der Stadt nach Josephine zu suchen. Es wäre allerdings sinnvoll, wenn Josephine sich eher in der Stadt verstecken würde als irgendwo in der Zitadelle.

Mit einem letzten Blick über das Gelände trat ich durch das Tor in die Stadt. Es gab ein paar leere Gebäude neben der Mauer, die die Zitadelle umgab. Sie schienen früher als Lagerräume gedient zu haben. Ihnen gegenüber stand ein einzelnes kleineres Gebäude. Ich wollte gerade weiter in die Stadt gehen, als mir auffiel, dass die Seitentür des alleinstehenden Gebäudes einen Spalt offen stand.

Es hätte nichts Relevantes sein können, aber ich beschloss, dass es besser war, nachzusehen und sicherzugehen, als möglicherweise etwas zu verpassen. Ich ging näher heran und hörte Geräusche von innen. Es gab einen gedämpften Schrei, dann Stille. Ich wurde nervös, als ich mich der Tür näherte. Wenn Josephine und Maren dort drin waren, wie könnte ich ihnen helfen? Ich war kein Zauberer und wusste auch nicht, wie man gegen einen kämpft. Aber wenn ich losliefe, um Hilfe zu holen, könnte es für Maren zu spät sein.

Ich schluckte schwer und schlüpfte in das Gebäude. Es gab viele Fenster, aber die Mauer ragte so hoch auf, dass sie das meiste natürliche Licht blockierte. Es war nicht dunkel, aber dämmrig genug, dass ich zögerte. Es gab einen langen Korridor mit Türen auf beiden Seiten, aber am Ende des Korridors öffnete er sich zu einem großen Raum.

Meine Handflächen wurden schwitzig und ich wischte sie an meiner Robe ab, was die Sache nur noch schlimmer machte, wegen des Schlamms auf dem Gewand. So leise wie möglich bewegte ich mich auf den großen Raum am Ende zu. Ich hörte eine Bewegung und blieb mitten im Schritt stehen. Jemand sprach, aber es war so leise, dass ich die Worte nicht verstehen konnte.

Ich riskierte einen Blick und sah alles, was ich brauchte. Die ältere Frau, die in Josephines Zimmer gefesselt gewesen war, lag zusammengerollt auf dem Boden. Ihre Augen waren geschlossen, aber sie atmete. Und neben ihr war Maren. Ich biss vor Wut die Zähne zusammen.

Marens Arme waren hinter ihrem Rücken gefesselt und sie saß auf ihren Knien, ein Stoffknebel in ihrem Mund. Josephine lief nervös auf und ab. Ich lehnte mich gegen die Wand und versuchte zu überlegen, was ich tun sollte.

»Ich kann sie beide jetzt sofort töten«, sagte Josephine, während sie auf und ab ging und mit sich selbst sprach. »Niemand wird je ihre Leichen finden, aber wie vermeide ich Verdacht? *Das* ist das Problem.«

Nach der Art, wie sie sich unterhielt, klang es, als versuchte sie, sich selbst dazu zu überreden, die Tat zu begehen. Vielleicht hatte sie mehr Gewissen, als ich dachte. Und wenn sie sich nicht völlig sicher war, konnte ich vielleicht etwas sagen, um sie davon abzuhalten, ihnen wehzutun? Was könnte ich aber sagen? Ich hatte nicht viel Zeit darüber nachzudenken, denn Josephine ging an der Öffnung des Korridors vorbei und hielt inne, als sie mich sah.

Ihre Augen weiteten sich kurz, dann trat sie hinter Maren, zog sie auf die Füße und drückte ihr einen böse aussehenden Dolch an die Kehle.

»Beweg dich nicht«, fauchte Josephine.

Ich hob meine Hände vor mich, die Handflächen zu ihr gerichtet. »Ich bin unbewaffnet«, informierte ich sie.

»Ich glaube dir nicht«, sagte Josephine und verengte ihre Augen zu Schlitzen. »Wen hast du mitgebracht?«

»Niemanden«, antwortete ich. »Und ich lüge nicht. Ich habe keine Waffen.«

»Wie hast du mich gefunden?«

»Zufällig ... aber die offene Tür des Gebäudes war ein guter Hinweis.«

Josephine runzelte die Stirn und drückte die Klinge fester gegen Marens Haut, wodurch sie einen kleinen Schnitt verursachte, der ein wenig blutete. Wut kochte in mir hoch, aber ich weigerte mich, etwas Unüberlegtes zu tun.

»Du musst das nicht tun«, sagte ich. »Lass sie einfach gehen.«

»Du verstehst das nicht«, sagte Josephine. »Ich *muss* das tun.«

»Warum? Weil dieser Mann es dir gesagt hat?«

»Was weißt du von ihm?«

»Nichts«, sagte ich. »Außer der Tatsache, dass er Böses ausstrahlt.«

»Er ist böse. Wenn ich das nicht tue, wird er mich töten.«

»Nicht, wenn er dich nicht finden kann«, sagte ich. »Stell dich Master Pevus, und ich bin sicher, er wird dir helfen.«

Josephine lachte. Es klang gleichzeitig wahnsinnig und hilflos. »Pevus wird bald tot sein, und er wird niemandem helfen können. Nein, niemand kann mir helfen. Ich werde das tun und meine Loyalität zum Nekromanten beweisen.«

So nannten die Leute ihn also? Ich fragte mich, was das bedeutete. Wenn wir aus dieser Lage herauskämen, würde ich Maren fragen.

»Wofür? Du mordest zwei unschuldige Menschen, um jemandem zu beweisen, dass du nicht besser bist als er? Bitte, Josephine. Denk darüber nach.«

»Ich habe mehr als genug darüber nachgedacht!«, knurrte Josephine. »Es gibt keinen anderen Weg! Entweder ich befolge seine Befehle oder ich sterbe.«

Ich fühlte mich völlig hilflos. Meine Argumente schienen die Kuratorin überhaupt nicht zu beeinflussen, und sie schien so große Angst vor dem Nekromanten zu haben, dass sie glaubte, keine anderen Möglichkeiten zu haben. Ich tat das Einzige, was ich tun konnte. Ich flehte.

»Bitte.«

Josephine starrte mich an. Ich wusste nicht, ob Zauberer Gedanken lesen konnten, aber ich projizierte alles, was ich nicht in Worte fassen konnte, in meinen Geist und hoffte, sie würde es verstehen. Ob es das war, was es bewirkte, wusste ich nicht, aber sie senkte die Klinge leicht.

»Sie ist deine Freundin«, sagte Josephine.

»Ja.«

»Und du bist hierhergekommen, um ihr zu helfen, obwohl du keine Möglichkeit hattest, gegen mich zu kämpfen?«

»Ja«, sagte ich wieder. In meinem Hals bildete sich ein Kloß, aber ich schluckte hart und versuchte, meine Stimme nicht brechen zu lassen, doch das Zittern war offensichtlich.

Die Stille dehnte sich zu einer gefühlten Ewigkeit. Ich begann mir Sorgen zu machen, dass Josephine mein Flehen ignorieren würde. Maren sah mich an, also hielt ich ihren Blick mit meinem eigenen fest. Was auch immer passieren würde, zumindest war keiner von uns allein.

»Vielleicht wenn ich ...«, begann Josephine zu sagen, brach dann aber ab. Ihre Augen verhärteten sich, dann wurden sie wässrig und füllten sich mit Tränen.

»Geht«, zischte sie und stieß Maren in meine Richtung. Maren stolperte und fiel. Ich kniete mich langsam hin und half ihr auf, während ich meine Augen auf Josephine gerichtet hielt. Sie beobachtete mich stumm, aber ich konnte den Aufruhr immer noch in ihrem Gesicht sehen.

»Komm mit uns zu Meister Pevus«, sagte ich.

»Geht«, wiederholte sie mit gefährlichem Tonfall.

Ich nickte und half Maren auf die Füße und entfernte das Tuch von ihrem Mund. Die ältere Frau schlief noch immer, und als ich auf sie zuging, hob Josephine den Dolch gegen mich. Ich wich zurück und ergriff Marens Hand, um sie mit mir zu ziehen.

»Wir müssen der Frau helfen«, protestierte Maren.

»Wir kommen für sie zurück«, flüsterte ich. »Mit Meister Pevus.«

Das schien Marens Zögern zu besänftigen. Wir eilten den Korridor entlang zur Tür. Ich versuchte, die Seile um Marens Handgelenke zu lösen, aber es war schwierig, während wir uns bewegten. Ich schob Maren durch den Türrahmen und blickte zurück.

Josephine war immer noch da. Sie hatte nicht versucht, uns aufzuhalten. Die ältere Frau war noch immer ihre Gefangene, aber ich war zuversichtlich, dass wir Meister Pevus erreichen konnten, bevor Josephine mit ihr flüchtete. Sie würde die Frau nicht töten. Ich wusste, dass sie es nicht tun würde. Sie war zu sehr mit sich selbst im Konflikt, um es zu tun. Als ich gerade die Tür schließen wollte, hob Josephine den Dolch. Ich hielt inne, zu entsetzt, um wegzusehen.

Die Kuratin stieß den Dolch hinab, in ihre eigene Brust. Ich schlug die Tür zu und schrie auf, während ich Maren in Richtung der Zitadelle zog. Ich konnte meinen Augen nicht trauen. Josephine hatte sich selbst erstochen. Warum würde sie so etwas tun?

»Was ist passiert?«, fragte Maren, die sich immer noch bemühte, sich von ihren Fesseln zu befreien.

Ich wollte es ihr sagen, aber die Worte kamen nicht aus meinem Mund. Meine Kehle war wie zugeschnürt, und ich konnte kaum atmen. Wir schafften es zurück zu den anderen, und Maren schrie, um jemandes Aufmerksamkeit zu erregen. Für mich wurde alles verschwommen. Der Stress des Tages, die körperliche und geistige Erschöpfung, alles lastete auf mir, und ich brach in der Nähe der Tribünen zusammen.

Maren schrie. Ich wusste nicht, ob jemand sie über den Tumult des klirrenden Stahls hörte. Es war mir egal. Ich hatte schon früher den Tod erlebt, aber das war etwas anderes, etwas so Schweres, dass ich nicht wusste, wie ich es ertragen sollte.

»Geht es dir gut?«, erkannte ich Meister Pevus' Stimme, aber sie klang weit entfernt. »Was ist passiert?«

Ich zeigte in die Richtung, aus der wir gekommen waren. »Josephine«, keuchte ich. »Sie ist tot.«

20

Ich wusste nicht, wie viel Zeit vergangen war, als der Sturm der Emotionen endlich vorüber war.

Maren war fast die ganze Zeit bei mir geblieben, abgesehen von ihrer Prüfung, hielt meine zerschundene Hand und flüsterte gelegentlich sanfte Worte oder machte beruhigende Geräusche. Wir saßen auf den Tribünen und ich nahm vage wahr, wie die anderen Schüler mich anstarrten und miteinander tuschelten.

»Lass sie sich wundern«, sagte Maren. »Du musst ihnen nichts erzählen.«

Ich würde es ihnen nicht erzählen, selbst wenn sie mich anflehten, es zu erfahren. Niemand brauchte dieses Wissen, diesen Schmerz. Schließlich kam Meister Pevus, um bei uns zu sitzen. Die anderen Schüler beendeten ihre Prüfungen, aber ich hörte kaum etwas von dem Lärm.

»Den Tod zu bezeugen ist keine leichte Sache«, sagte Meister Pevus. »Besonders einen so tragischen Tod wie den von Josephine.«

»Ich verstehe es nicht«, flüsterte ich.

»Ich auch nicht. Nicht vollständig.«

Meister Pevus starrte still auf die Umzäunung. Ich begann mich wieder ein wenig normaler zu fühlen, obwohl ich erschöpft war. Alles fühlte sich traumhaft an, und für einen Moment fragte ich mich, ob irgendetwas davon wirklich passiert war.

»Glaubst du, dass du die Prüfung ablegen kannst?«, fragte Meister Pevus. »Ich kann versuchen, sie zu verschieben, aber die Entscheidung liegt nicht allein bei mir.«

»Was meinen Sie damit?«, fragte Maren.

»Der Rat hier in der Zitadelle ist nur einer von vielen, und wir alle berichten an die Konklave. Wir haben Anweisungen, dass die Prüfungen heute abgeschlossen werden müssen, aber ich kann einen Brief schicken und um mehr Zeit bitten.«

»Nein«, sagte ich schließlich. Meine Kehle war trocken, sodass es mehr wie ein Krächzen klang. »Nein«, wiederholte ich. »Ich werde die Prüfung ablegen.«

»Eldwin«, sagte Maren und drückte meine Hand. »Du brauchst etwas Ruhe.«

»Nein, es geht mir gut. Ich kann es schaffen. Ich *muss* es schaffen.«

Meister Pevus schien, als wolle er Einspruch erheben, aber er neigte den Kopf und stand auf. »Dann lass uns dich vorbereiten.«

Ich stand auf und folgte Meister Pevus um die Umzäunung herum zu den Gestellen mit Rüstungen und Waffen. Kurat Anesko war dort und half mir, ein Kettenhemd anzuziehen. Einige der anderen Schüler kamen aus der Zitadelle und gesellten sich zu Maren auf den Tribünen. Ich wusste nicht, warum sie meine Prüfung sehen wollten, aber ich ignorierte sie. Ich hoffte, die Prüfung würde mich von allem anderen ablenken.

Anesko reichte mir einen Helm und ich setzte ihn auf, dann starrte ich auf das Waffengestell. Es gab zahlreiche Schwerter, einige Äxte und einen einzelnen Streitkolben. Ich wählte eine Klinge, die der Größe und dem Gewicht des Schwertes meines Vaters am nächsten kam, und nickte Anesko zu. Er führte mich in die Umzäunung und sagte: »Viel Glück. Sebastian ist einer der Besten.«

Ich nahm an, er versuchte, mich an mir selbst zweifeln zu lassen, also schenkte ich seinem letzten Kommentar keine Beachtung.

Auf der anderen Seite des kreisförmigen Kampfplatzes stand mein Gegner, Sebastian. Es war unmöglich zu sagen, ob ich ihn schon einmal gesehen hatte, da er einen Helm mit Visier trug. Ich machte ein paar Übungsschwünge und dehnte meine Muskeln.

Das war es. Meine letzte Prüfung. Der entscheidende Moment, der meine Zukunft bestimmen würde. Ich atmete tief ein und langsam aus, dann rollte ich meine Schultern und bereitete mich darauf vor, dass die Glocke läuten würde.

Wenige Augenblicke später hallte das *Klang* über den Kampfplatz.

Ich schlich langsam vorwärts und beobachtete Sebastians Haltung. Er bewegte sich mit dem Selbstvertrauen und der Leichtigkeit eines erfahrenen Kriegers. Vielleicht war Aneskos Kommentar nicht ganz übertrieben. Wir umkreisten einander wie große Raubkatzen, bereit, jederzeit zuzuschlagen. Sebastian machte den ersten Zug. Er stürmte auf mich zu und schwang sein Schwert horizontal, um mich in die Brust zu treffen. Ich hob meine Klinge und blockte den Schlag ab.

Die Klingen prallten lautstark aufeinander. Ich war überrascht von Sebastians Stärke und hätte beinahe den Griff um den Schwertknauf verloren. Obwohl mein rechter Arm im Vergleich zu meinem linken verkümmert war, war ich Rechtshänder. Ich hatte ein paar Mal versucht, meinen linken Arm mehr zu benutzen, aber es fühlte sich ungeschickt und unnatürlich an.

Es wurde schnell deutlich, als Sebastian wieder und wieder zuschlug, dass mein rechter Arm dem Ansturm nicht standhalten konnte. Er hielt mich in der Defensive, und ich wusste, dass ich irgendwie das Blatt gegen ihn wenden musste. Ich ging auf ein Knie, als Sebastian nach mir schlug, und es ließ ihn offen, als sein Schwert harmlos über meinen Kopf flog.

Ich stieß meine Klinge direkt in seinen Brustkorb. Zumindest dorthin zielte ich meinen Schlag. Genauso schnell wie die Öffnung gekommen war, war sie wieder verschwunden, und Sebastian hatte seine Haltung angepasst. Das Nächste, was ich sah, war sein dicker Stiefel, der direkt auf meinen Kopf zukam. Ich warf mich nach hinten, um seinem Fuß auszuweichen, und knallte hart auf den Boden. Der Aufprall war etwas schmerzhaft, aber ich ignorierte es und rollte zur Seite und rappelte mich wieder auf die Füße.

Sebastian kam wieder auf mich zu, seine Klinge glitzerte im Sonnenlicht. Sie blitzte brillant auf und ich war für einen Moment geblendet. Ich hob mein Schwert, um den erwarteten Schlag zu blocken, aber er kam nie. Stattdessen explodierte Schmerz in meinem Knie und flammte mein Bein hinauf. Ich schrie vor Überraschung und Qual auf, als mein Bein nachgab und ich auf den Boden krachte. Ich ließ den Griff los und umklammerte mein Knie.

»Brauchst du einen Heiler?«, fragte Sebastian und hob sein Visier. Seine Augen waren vor Sorge zusammengekniffen.

Ich weiß nicht, warum ich es tat. Vielleicht war es die Wut oder die Erschöpfung, aber ich war nicht bei klarem Verstand. Ich nickte, aber es war eine Lüge. Ich hatte Schmerzen, aber sie waren nicht so schlimm, wie ich vorgab, und sie ließen schnell nach.

Sobald Sebastian mir den Rücken zuwandte, schnappte ich mein Schwert und trieb es in die Rückseite seiner Beine, direkt hinter seine Knie. Einige der Schüler auf den Tribünen schrien auf, offensichtlich mochten sie nicht, was sie sahen.

Roter, heißer Zorn überflutete meine Sicht und ich wollte Sebastian erneut treffen, aber er kroch auf allen Vieren außer Reichweite. Zu seiner Ehre muss man sagen, dass er immer noch sein Schwert festhielt. Ich ging ihm nach, aber er war schneller als ich erwartet hatte und kam wieder auf die Füße und drehte sich anmutig im Kreis, sein Schwert ausgestreckt. Ich sprang zurück, aber die Spitze seiner Klinge streifte das Kettenhemd, das meinen Arm bedeckte.

Plötzlich überkam mich Schuldgefühl für meine Taten, aber es blieb keine Zeit für eine Entschuldigung. Es war offensichtlich, dass ich Sebastian verärgert hatte, denn er hielt sich nicht zurück. Er drängte mit seinem Angriff voran, sein Schwert ein Wirbel von Schlägen, mit denen ich nicht mithalten konnte. Er schlug mir das Schwert aus der Hand und landete einen heftigen Treffer quer über meine Brust. Trotz meiner Rüstung explodierte pochender Schmerz auf meiner Haut. Zwischen dem und meiner allgemeinen Erschöpfung wusste ich, dass ich Sebastian nicht besiegen konnte. Ich sank auf die Knie und hob die Hände zur Kapitulation.

»Ergeben Sie sich?«, rief Kurator Anesko von außerhalb der Umzäunung.

»Ja«, versuchte ich zurückzurufen, aber ich wusste nicht, ob er mich hörte.

Sebastian nahm seinen Helm ab, warf mir einen letzten langen Blick zu und verließ dann das Schlachtfeld. Als ich dort im Dreck saß, begann die Erkenntnis einzusetzen, dass ich den Test wahrscheinlich nicht bestanden hatte. Nicht nur hatte ich mich von meinem Zorn überwältigen lassen, sondern ich hatte auch aufgegeben. Nichts davon konnte gut für mich aussehen.

Langsam stand ich auf und brachte meine Rüstung und Waffe zurück zu den Ständern. Maren gesellte sich zu mir, als ich zur Zitadelle ging.

»Was soll ich jetzt tun?«, fragte ich.

»Nichts, bis du deine Ergebnisse kennst«, antwortete sie.

»Du weißt genauso gut wie ich, dass ich durchgefallen bin. Es gibt keine Entschuldigung für das, was ich getan habe.«

»Stimmt, aber du hast gerade eine traumatische Erfahrung durchgemacht. Das muss berücksichtigt werden.«

Maren hatte einen Punkt, aber trotzdem. Das flaue Gefühl in meinem Magen ließ mich denken, ich müsste mich übergeben. Meister Pevus hatte gesagt, dass jedem, der durchfiel, magisch die Erinnerungen gelöscht würden, sodass sie sich nicht mehr an die Schule oder irgendetwas, was sie gelernt hatten, erinnern konnten. Ich konnte nicht zulassen, dass das passierte. Ich *würde* nicht zulassen, dass es passierte.

Maren sprach über ihren Test, aber ich hörte nicht zu. Ich plante, wie ich aus der Zitadelle fliehen würde, bevor Meister Pevus mein Gedächtnis löschen konnte. Es gab jedoch so viele Hindernisse. Ich musste an Wachen vorbeikommen, durfte nach der Sperrstunde nicht außerhalb meines Zimmers erwischt werden, und das alles unter der Annahme, dass sie mein Gedächtnis nicht ohne Vorwarnung löschen würden.

Wenn das funktionieren sollte, würde ich Hilfe brauchen. Ich sah Maren an und beobachtete, wie sich ihre Lippen bewegten, während sie sprach. Sie liebte es, Regeln zu brechen, also hatte ich kaum Zweifel daran, dass sie bereit wäre, mir zu helfen. Sie bemerkte meinen Blick und hielt inne.

»Habe ich etwas zwischen den Zähnen?«, fragte sie.

»Nein«, antwortete ich.

»Warum starrst du mich dann so an?«, fragte sie.

»Ich brauche deine Hilfe.«

»Wobei?«

Ich sah mich um und senkte meine Stimme. »Beim Einbruch in die Waffenkammer.«

21

Am nächsten Morgen wachte ich mit verschleierten Augen auf und war müder, als ich es wahrscheinlich je in meinem ganzen Leben gewesen war. Maren und ich waren die ganze Nacht wach gewesen, um meinen Fluchtplan auszutüfteln und in die Waffenkammer einzubrechen, um das Schwert meines Vaters zu holen.

Maren hatte die Zitadelle verlassen und sich irgendwie aus der Stadt Autumnwick geschlichen, um das Schwert meines Vaters in einem Dickicht in der Nähe des Sees für mich zu verstecken. Sie meinte, es sei einfach gewesen und sie hätte die Waffe so versteckt, dass nur ich sie finden könnte. Ich nahm an, dass sie dafür einen Zauber benutzt hatte. Nachdem alles geplant war, trennten wir uns und gingen in unsere Zimmer. Ich hatte nicht viel geschlafen, aber die wenige Ruhe, die ich bekam, war traumlos geblieben.

Ich war sowohl aufgeregt als auch verängstigt, herauszufinden, ob ich bestanden hatte oder nicht. Alles, was ich wollte, alles, was ich war, hing von meinen Ergebnissen ab. Ich rollte mich aus dem Bett und zog meine Roben an, dann ging ich hinunter in den Speisesaal zum Frühstück. Der Gedanke, dass dies das letzte Mal sein könnte, dass ich sicher eine Mahlzeit haben würde, war ein wenig beunruhigend. Es war schon komisch, wie schnell ich mich in der kurzen Zeit, die ich hier war, an volle Mahlzeiten gewöhnt hatte.

Schließlich setzte sich Maren zu mir an den Tisch und wir aßen schweigend. Ich hoffte, dass ich mich richtig von ihr verabschieden könnte, falls ich aus der Zitadelle fliehen müsste, aber ich wusste auch, dass das vielleicht nicht möglich sein würde. Sie musste sich dessen ebenfalls bewusst sein. Ich nahm an, dass sie deshalb nicht viel redete.

Nach dem Essen gingen wir zurück zu unserem üblichen Treffpunkt, um auf Kurator Anesko zu warten. Normalerweise kamen einige der anderen Schüler in letzter Minute zur Gruppe, aber heute war es anders. Alle, die übrig geblieben waren, waren pünktlich. Es waren weniger als zwanzig von uns. Von hundert potenziellen Kandidaten war nur ein Fünftel übrig. Es war verrückt zu denken, dass ich es so weit geschafft hatte, nur um jetzt möglicherweise zu scheitern.

Kurator Aneskos Schritte hallten leise von den Steinwänden wider, als er zu uns stieß. Sein Gesicht war ernst, ganz anders als sein normaler strenger Ausdruck. Er hatte Tränensäcke unter den Augen, und ich vermutete, dass er mit Meister Pevus und den anderen Kuratoren bis spät in die Nacht über das

Schicksal der wenigen verbliebenen Schüler entschieden hatte.

»Heute werden einige von euch zu vollwertigen Schülern«, sagte er. Er ließ seinen Blick über alle schweifen. »Und einige von euch werden leider diesen Ort für immer verlassen.«

Das Wort »für immer« klang so ... kalt. Öde. Endgültig. Aber natürlich war es das. Es war all das und noch mehr.

»Wenn ich euren Namen aufrufe, folgt ihr mir. Wenn nicht, dann folgt ihr Kurator Henrik.«

Einer der Schüler hob die Hand.

»Ja?«, fragte Anesko.

»Sind die Gruppen in diejenigen unterteilt, die bestanden haben, und diejenigen, die durchgefallen sind?«

»Das sind sie, aber wenn du erwartest, dass ich dir sage, in welcher Gruppe du bist, dann wirst du enttäuscht sein. Noch weitere Fragen?«

Niemand hatte welche. Anesko rief fast jeden Namen auf. Zwei Personen wurden nicht aufgerufen und sie gingen mit Kurator Henrik. Es schien offensichtlich, dass die beiden, die nicht aufgerufen wurden, durchgefallen waren und weggeführt wurden, um ihre Erinnerungen löschen zu lassen. Es erschien mir surreal, dass ich bestanden hatte. Ohne ein weiteres Wort führte uns Anesko durch die

Zitadelle zum Tempel, wo unser erster Test stattgefunden hatte.

Meister Pevus stand neben den Tempeltüren und begrüßte jeden Schüler mit einem müden Lächeln. Maren und ich waren am Ende der Schlange, und nachdem Maren durch die Schwelle getreten war, stellte sich Meister Pevus vor mich.

»Eldwin«, begrüßte er mich. »Bitte, komm mit mir.«

Meine Beklommenheit kehrte zurück, hauptsächlich weil ich keine Ahnung hatte, warum er mich beiseite nahm. Maren sah zu mir zurück und ich zuckte mit den Schultern, dann folgte ich Meister Pevus. Wir gingen durch mehrere Gänge und erreichten schließlich die Dienertür, die Maren mir gezeigt hatte, als wir heimlich die Drachen besucht hatten.

»Ich bin sicher, du bist neugierig, wohin wir gehen«, sagte Meister Pevus.

»Ja, Meister. Es kommt mir seltsam vor, dass wir durch die Dienertür gehen«, antwortete ich, bevor mir mein Fehler bewusst wurde. Meister Pevus lächelte.

»Ich sehe, die Prinzessin hat dir diese Tür bereits gezeigt.«

»Bitte bestrafen Sie sie nicht«, sagte ich.

»Das werde ich nicht. Außerdem ist es keine geheime Tür. Es ist einfach der Weg, den die Diener benutzen, um ein- und auszugehen.«

Ich atmete erleichtert auf. Meister Pevus öffnete die Tür und wir traten nach draußen. Es war noch früh am Tag und die Luft war kühl. Es fühlte sich erfrischend an, im Freien zu sein. Meine Neugier wuchs, als er mich zum Eingang der Drachenställe führte. Die beiden Wachen am Eingang spielten gerade Würfel und standen schnell auf, als sie Meister Pevus und mich näherkommen sahen.

Meister Pevus ignorierte sie und ging weiter, führte mich tiefer in die Ställe hinein. Es waren viel mehr Fackeln entzündet als bei meinem letzten Besuch, und die Details der Höhlenreliefs wurden sichtbar. Lange, zackige Linien waren in die Felsen geritzt, die Decke, Boden und Wände bildeten.

»Drachen haben dieses Höhlensystem geschaffen«, sagte Meister Pevus. »Lange bevor die Zitadelle jemals gebaut wurde. Es war ein Brutgebiet, aber als die Menschen begannen, Drachen zu domestizieren, hörten sie auf, hier ihre Eier zu legen.«

»Das habe ich noch nie gehört«, sagte ich.

»Dieser Ort birgt noch viel mehr Geheimnisse, obwohl viele davon im Laufe der Jahrhunderte verloren gegangen sind. Sag mir, Eldwin. Hat dir dein Vater die Farbe seines Drachen verraten?«

»Er ritt einen Blauen«, sagte ich.

»In der Tat. Blaue sind für ihre Geschwindigkeit bekannt, da sie die schnellsten aller Farben sind.«

Wir hielten vor einer der Höhlen an. Ein großer Drachenkopf erschien, als sich das riesige Geschöpf ins Licht bewegte. Es war derselbe Drache, der mich mit Schleim bespuckt hatte. Der Drache schnüffelte in der Luft und richtete seine glühenden Augen auf mich.

»Das ist Phlandyr«, sagte Meister Pevus. »Sie ist ein roter Drache, obwohl das in diesem Licht schwer zu erkennen sein mag.«

»Hallo Phlandyr«, sagte ich.

Ich spürte, wie etwas gegen meinen Geist drückte, aber es war schwach.

»Ich dachte, wir dürften uns den Drachen erst nähern, wenn wir zum Adepten befördert wurden?«, fragte ich.

»Im Allgemeinen bist du es nicht«, bestätigte Meister Pevus. Er verstummte und ich starrte in Phlandyrs Augen. Sie hatten einen gelblichen Farbton mit schwarzen Pupillen.

»Eldwin, es tut mir leid, dir mitteilen zu müssen, dass du durchgefallen bist.«

»Was?« Mein Herz setzte einen Schlag aus und fiel mir in den Magen.

»Du hast dich im ersten Test gut geschlagen, trotz der äußeren Einflüsse, die ihn beeinträchtigt haben. Der zweite Test wurde unterbrochen, aber nicht bevor wir deine Fähigkeiten mit Magie sehen konnten. Der gestrige Test zeigte jedoch, dass du nicht gut mit Frustration und Versagen umgehen kannst. Du hast zugelassen, dass dein Ärger deine Handlungen bestimmt. Ein Drachenreiter muss immer einen klaren Verstand haben, frei von Emotionen.«

»Kann ich den Test wiederholen?«, fragte ich.

»Ich fürchte nicht.«

»Bitte, Meister«, flehte ich. Meine Augen füllten sich mit Tränen. »Ich kann nicht nach Hause gehen. Dort gibt es nichts für mich. Ich muss ein Drachenreiter werden.«

»Es tut mir leid, Eldwin. Der einzige Weg, wie du jemals einen Drachen reiten wirst, ist, wenn du deinen eigenen findest.«

Ich spürte, wie sich eine Träne aus meinem Auge löste. Sie lief meine Wange hinunter.

»Ich habe lange und gründlich darüber nachgedacht, aber ich habe beschlossen, dich erfahren zu lassen, wie es sich anfühlt, auf dem Rücken eines Drachen zu fliegen. Dein Vater war ein Held, und um sein Andenken zu ehren, dachte ich, dies wäre angemessen.«

»Danke«, sagte ich. »Aber was bringt das, wenn Sie einfach meine Erinnerungen löschen werden?«

Meister Pevus blieb stumm, aber er trat in die Höhle und sattelte Phlandyr, dann führte er sie aus der Höhle. Ich ging an seiner Seite und versuchte, einen Fluchtweg zu finden. Meine Pläne mit Maren hatten darauf basiert, irgendwo in einem Raum eingesperrt zu sein, nicht draußen auf dem Rücken eines Drachen. Meister Pevus bestieg Phlandyr und bot mir seine Hand an.

Ich nahm sie an und kletterte hinter ihm in den Sattel, dann umklammerte ich den Sattelknauf fest. Ohne einen mündlichen Befehl sprang Phlandyr in die Luft und schlug mit ihren enormen Flügeln. Wir stiegen höher und höher in die Luft, das Schloss unter uns schrumpfte schnell. Phlandyr neigte sich nach rechts und stieß ein Brüllen aus.

Es gab keine Worte, um das Gefühl zu beschreiben, auf dem Rücken eines Drachen durch den Himmel zu fliegen. Ich blickte auf die weite Landschaft, die sich in jede Richtung über Kilometer erstreckte. Bäume, die am Boden riesig erschienen, sahen aus wie kleine Stöckchen, und ich konnte die Gesamtheit des riesigen Sees sehen, der sich hinter der Zitadelle ausbreitete.

Die Luft peitschte um mich herum, zerrte an meinen Roben und ließ meine Haare wild flattern. Wir flogen über den See und ich schaute nach unten. Phlandyr flog tiefer, nur wenige Meter über der Wasseroberfläche. Der See war kristallklar und ich konnte Fische umherschwimmen sehen. So erstaunlich die Erfahrung auch war, ich wusste, dass mir die Zeit davonlief. Sobald wir landen würden, wären die Chancen, aus der Zitadelle zu entkommen, gering.

Der einzige Weg, wie du jemals einen Drachen reiten wirst, ist, wenn du deinen eigenen findest.

Diese Worte brannten sich in meinen Verstand und ich hatte eine Idee. Es war verrückt, sogar töricht, aber ich hatte keine andere Wahl. Ich ließ den Sattelknauf los und schwang mein rechtes Bein auf die gleiche Seite wie mein linkes. Meister Pevus versuchte sich umzudrehen, um zu sehen, was ich tat, aber er hatte Schwierigkeiten. Ich zählte lautlos herunter, dann stieß ich mich von der Seite des Drachen ab, genau als sie nach oben sprang.

Ich überschlug mich und sah Meister Pevus' entsetzten Gesichtsausdruck, bevor er zu weit weg war, um ihn noch zu sehen. Ich versuchte, mich aufzurichten, aber ich prallte mit erschütternder Kraft auf das Wasser. Mein Körper schrie vor Qualen und dann war ich unter Wasser und kämpfte damit, herauszufinden, welche Richtung oben war. Ich pumpte wild mit meinen Armen und trat mit meinen Beinen, bis ich die Wasseroberfläche durchbrach, dann schnappte ich nach Luft.

Die Zeit war mein Feind. Ich drehte mich um und schwamm so schnell ich konnte zum Ufer. Ich hörte

Phlandyrs Gebrüll und es trieb mich an, weiterzuschwimmen, obwohl meine Muskeln aufgeben wollten. Ich erreichte das Ufer und sprintete zu dem Dickicht von Bäumen, von dem Maren mir erzählt hatte. Die Luft flimmerte und dann sah ich das Schwert meines Vaters. Die Scheide war an einem Gürtel befestigt und an einem tief hängenden Ast aufgehängt worden.

Ich griff danach und schnallte den Gürtel um, dann rannte ich in die entgegengesetzte Richtung der Zitadelle. Ich hatte keine Ahnung, wohin ich ging, aber ich weigerte mich, Meister Pevus meine Erinnerungen löschen zu lassen. Er sagte, der einzige Weg, wie ich einen Drachen reiten würde, wäre, meinen eigenen zu finden. So sei es.

Ich rannte so schnell ich konnte. Weg von der Zitadelle und auf eine ungewisse Zukunft zu.

Ich würde einen eigenen Drachen finden.

Die Reise geht weiter mit Ein Bindung des Feuers

ÜBER DEN AUTOR

Richard Fierce ist ein Fantasy- und Space-Opera-Autor. Er schreibt seit seiner Kindheit, begann aber erst 2007 mit dem Veröffentlichen. Seitdem hat er mehrere Romane und Kurzgeschichten geschrieben.

Im Jahr 2000 gewann Richard den Preis für den Dichter des Jahres für sein Gedicht The Darkness. Er ist auch eines der kreativen Köpfe hinter dem Allatoona/Acworth Buchfestival, einem literarischen Ereignis in den USA.

Ein erholender Einzelhandelsarbeiter, er arbeitet jetzt in der Tech-Industrie, wenn er nicht beschäftigt ist zu schreiben.

Er ist verheiratet und hat drei Stief-Töchter (betet für ihn), drei Enkelkinder, drei Hunde (Huskies!), eine Katze und zwei Frettchen. Er hat im Grunde einen Zoo.

Seine Liebesaffäre mit Fantasy wurde in der High School geboren, als er die Dragonlance-Romane von Margaret Weis und Tracy Hickman las.